Fan
ファン文庫

# 喫茶『猫の木』物語。

## 不思議な猫マスターの癒しの一杯

著　植原 翠



マイナビ出版

# CONTENTS

STORY OF THE CAFE "CAT'S TREE"

【Episode1】その男、猫男。 006
【Episode2】猫男、甘やかす。 032
【Episode3】猫男、考える。 053
【Episode4】猫男、転身する。 071
【Episode5】猫男、量産する。 090
【Episode6】猫男、死にかける。 111
【Episode7】猫男、邪魔をする。 129
【Episode8】猫男、愛される。 160
【Episode9】猫男、晒す。 181
【Episode10】猫男、叱られる。 209
【Episode11】猫男、走る。 233
【Episode12】猫男、嘘をつく。 254
猫男とネコ科のOL。 284
あとがき 290

# 喫茶『猫の木』物語。

不思議な猫マスターの癒しの一杯

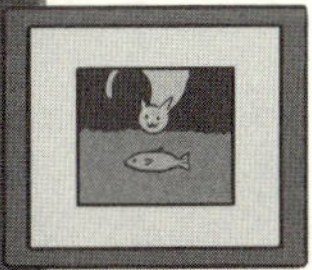

植原翠

# Episode 1・その男、猫男。

——もう嫌だ。あんな会社、辞めてやる。

防波堤沿いの磯臭い道を自転車で走りながら、歯を食いしばる。

有浦夏梅《ありうらなつみ》、ＯＬ。

二十六歳にして、人生を悲観する。

こんなことになったきっかけは、数日前に遡る。


「転勤⁉」

会議室で部長から告げられた突然の辞令に目玉が飛び出る。もうすぐ夏が始まろうかという中途半端な季節だ。部長は紙切れ一枚で私の人生を変えた。そもそも経理に転勤なんてあるのか！

「ああ、あさぎ町支社にな。静岡にある海沿いの小さな町なんだが。行ってくれるな」

要するに、せっかく東京のそこそこの企業に経理としてかっこよく就職したのに、ド田舎に飛ばされるということだ。

「有浦、静岡出身だったよな？」

部長が通達の文字を眺めつつ言う。

「そうですけど……」

「だったらいいじゃないか。地元だろ？」

ずいぶんしれっと言ってくれるが、異動先のあさぎ町と私の地元は同じ静岡県といえども東西の端と端だ。県民のイメージ的には東京と新潟ほども離れている。

すぐに社内の掲示で発表され、社内はざわついていた。なんせ『異例の辞令』だ。なんの節目でもない時期に突然異動を命ぜられる者は、いわゆる〝やらかした奴〟なのである。俗にいう左遷《させん》だ。

心当たりはある。たぶんアレなのだが、納得はできない。

なんでその理由で、私が飛ばされなければならないのだ。不服を申し立てて、泣いて喚いて退職届を叩きつけてやろうかとも考えたが、こういうときというのは妙に冷静になってしまうもので、感情を爆発させることができないまま私は転勤の日を迎えた。


あさぎ町支社のある町は、海沿いの小さな所である。

キャスター付きキャリーバッグを引きずって、電車を降りた。駅のホームからすぐ海が見え、磯の香りがした。漁が盛んな町だそうで、駅周辺には魚介の店が軒を連ねている。東京とはちがって建物が低く、緑豊かな風景が広がっていた。

寂れた商店街を歩いて数分、これから私の住処になるアパートが見えてきた。会社から指定されている、家具付きのアパートである。薄汚れた古い建物で、なんだか幽霊でも出そうな外観である。ちなみに、ペット可であるらしい。

二階の日当たりの悪い部屋が私の部屋だ。先に受け取っていた鍵をドアに突っこみ、ノブを捻る。ぎい、と軋んだ音とともにドアが開き、狭いワンルームの部屋が私を出迎える。キャリーバッグを下ろしてため息をついた。

今日からここが私の帰る場所。白い壁に囲まれた、家具がぽつぽつあるだけの殺風景な部屋。突然やってきた私を拒んでいるようにすら感じる。固い布団に身を投げ、目を瞑《つむ》った。

問題は明日からだ。明日から始まる、新しい勤務先での仕事。仕事の内容自体は今までと大差ないはずだが、周りの同僚が変わる精神的負担は大きい。それに、おそらく煙たがられる。

ため息が出た。この先どうやって生きていこう。考えれば考えるほど頭が痛かった。


翌朝、私は会社に向かった。家と事務所の距離が近いので、自転車通勤が条件になっている。会社から支給された赤い自転車に跨《また》がり、海を横目にペダルを漕ぐ。海の見える坂道を下るとタイヤが勝手に転がって、潮風が前髪を割《さ》いた。

私の勤め先は、成長中の中規模文具メーカーだ。新卒で入社し、東京の本社で経理事務をしていた。きれいなオフィスで膨大な仕事を淡々とさばいていて、お昼休みにお洒落な店で同僚とランチ。そんな生活を、ステータスであり誇りに感じていた。

それが今となっては、こんな片田舎のなにもない町に左遷。プライドもなにもかもズタズタだ。

アパートから数分、海浜通りを走ると事務所のあるビルに辿り着いた。三階建てのこぢんまりしたビルで、その二階に我が社はある。建物の横には自家用車で出勤してくる社員のための駐車場があり、車が点々と停まっている。その中の一台の車から女性が降りてきた。

「久しぶり、夏梅《なつみ》」

私に向かって手を振っている。誰だっけ。頭の中でしばし検索をかけた。

「あ、美香《みか》⁉」

研修時代に一緒だった、同期の高野《たかの》美香だ。部署がちがうから疎遠になっていたが、前はよく話をした。なんせ気さくでフランクな性格で、深く知りあう前から飲みに行こうと誘われて、よく行っていたのだった。

そういえば、去年の春にこちらの支社に異動になっていたんだっけ。

「よかった。知り合いいないかと思った」

「よかったねえ！　まあ、このあさぎ町のことなら私に任せなさいよ」

彼女に促されながら建物に入る。

小さくて寂れたビルだが、一丁前にエレベーターがあった。美香に手招きされて、乗り込む。美香は二階のボタンを押してから、くるりと私に向き直った。

「あんたさ。こんな時期に転勤って、なにやらかしたの？」

不躾《ぶしつけ》に聞き、ニヤリと笑う。

面倒だ。

「ええと……まあ……」

適当にはぐらかす。

「まあってなに。まさか……」

美香は意味深にニヤけて、小指を立てた。

「男か」

「んー……」

もう一度、はぐらかす。しかし鼻が利く美香は満足げに頷《うなず》いた。

「はいはい、なるほどね。相手は誰？　誰との？」

頼りになるというか、頼りにしろと押しつけがましいというか。世話焼きな彼女は他人のプライベートな部分をつつくのが大好きなのである。

「いつか話すよ」

エレベーターが止まったのをいいことに、雑に流してさっさと降りる。美香は不服そうにむくれながらも、先導してオフィスのドアを開けてくれた。

支社のオフィスは、東京本社に慣れている私から見ると第一印象は狭く感じた。管理職のデスクが奥にひとつ、あとは平社員のデスクが部署ごとに島をつくっている。ほかは棚やOA機器がごたごた置かれて、狭いオフィスをさらに狭くしていた。まだ始業時間まで余裕があるため、出勤してきている人は管理職の椅子に座る男がひとりと、ほかに数名ぱらぱらいるだけである。

「あの、本日からお世話になります、有浦です」

そう言うと、管理職席の男が気だるそうにこちらを一瞥した。

「東京から飛ばされちゃったんだって？　頑張ってねー」

ド派手な黄色のワイシャツにド派手な緑のネクタイを合わせたドぎついセンス。支部トップの管理職を務めるわりに若い。三十代半ばくらいだろうか。

「雨宮《あめみや》支部長」

美香がこそっと耳打ちしてきた。

「イケメンでしょ？」

イケメン、なのだろうか。正直私には理解しかねたが、容姿には気を遣っているのか流《は》行《や》りを意識した髪型ではある。ミドリムシにしか見えないその奇抜なネクタイも、ひょっとしたら流行の最先端なのかもしれない。

「女子社員に人気なんだよ」

美香の言葉にため息が出た。どいつもこいつも会社になにしに来ているんだか。

「よろしくお願いします」

「空気読めない子って、扱い難しいよねえ」

ぺこりと頭を下げると、支部長は私に嘲笑《ちょうしょう》めいた笑みを向け、ぼやいた。

世間話みたいに言ったけれど、その毒はあからさまに私に向けられていた。この人は私が飛ばされた理由を聞かされているようだ。これでは社員同士の噂話で洩れまくるだろうし、美香の耳に入るのも時間の問題だろう。

空気が読めないのではない。読んだ上で、嫌だったから拒否したのだ。

倫理の面からいっても私の行動にまちがいはないはずなのだが、権力を持った人間というのはときにその力を濫用し、横暴な判断を下す。下の人間である私は、その力にねじ伏せられて、悪者に仕立てあげられる。


結局、初日だというのに一日中、新しい仲間たちからは白い目で見られ続けた。

理由を正式に知っているのは管理職の雨宮支部長だけのようだが、〝左遷された、やらかした奴〟というレッテルは強力で、理由を知らない人たちも私を珍しそうに見る。美香はそんな私にも頼もしく普通の態度で接してくれたけれど、彼女の性格を考えると八割がた好奇心からだろう。

……なるほど。私はしばらく、このオフィスに馴染んで皆が飽きて忘れるまで、この空気に当てられると。なんということだ。酒でも飲まないとやってられない。

帰り道をとぼとぼ自転車で走りつつ、そんな怒りが胸の中でぐるぐる渦巻く。

——もう嫌だ。あんな会社、辞めてやる。

私は悪いことをしたとは微塵も思っていない。それなのに、この扱い。誰も私に同情しない。私に居場所なんかない。それならいっそ、この海に投身して死んでやろうか。そんな勇気とパッションがあればだけれど。

怒りの次は泣きたくなってきた。目頭がじんと熱くなる。悔しい。まだ一日目なのに、泣きたくない。

きい。自転車をブレーキで止めて、足元の灰色のアスファルトを睨みつける。ぽた、とアスファルトに黒い丸が落ちた。

さっそく負けた。涙がぼたぼたあふれ出て、アスファルトに丸い跡を描いていく。どうしよう。止まらない。

落ち続ける涙の粒を眺める。どうしよう。まだ泣きたくなかったのに。

下を向いたまま立ち尽くしていた、そのときだった。

「にゃあ」

小さな鳴き声。少し顔をあげると、防波堤に沿って正面から歩いてくる猫が見えた。

茶トラ白というやつなのか、薄茶の体に縞《しま》模様を刻み、顔の下半分とお腹、それから足が靴下を履いているみたいに白い。緑色のビー玉みたいな目をくりくりさせて、私を見上げている。

そうか、港町は猫が多いと聞く。この猫もおそらく、漁師のみなさんからおこぼれをいただいて生活しているのだろう。

自転車を降りて、スタンドを立てる。

「おいで」

しゃがんで手を差し出してみる。猫はしばらくこちらを見つめていたが、やがてゆっくり歩み寄ってきた。私の手にすりすりと顔を擦りつけてくる。ずいぶん人に馴れた猫だ。撫《な》でるとゴロゴロ喉を鳴らしてさらに擦り寄ってくる。温かい体温が傷ついた胸にじわりと染みて、余計に涙があふれた。

突然、猫が顔を離した。ぱっと後ろを向いて、さっさと歩き去ってしまった。

「あ、待って……」

猫の行く先に視線を投げ、気がつく。

そこには赤い屋根の小さな建物がぽつんと建って、木でできた看板を掲げていた。

『喫茶 猫の木』

こんなところに、喫茶店。

坂から海を見おろして、静かに佇《たたず》んでいる。

店の前には小さな庭のようなスペースがあり、木や花が潮風にそよいでいる。入口の横には白いパラソルとテーブル席が置かれて、穏やかな空間を演出していた。

スタンドを戻して、自転車を引く。自然と足がいざなわれた。猫の木というくらいだから、猫がいるのだろうか。そうだな、ちょうど今は癒しがほしい。先程の茶トラ白のような、人懐っこい猫がたくさんいたら、癒されるかもしれない。

喫茶店の緑色の扉に手を伸ばす。ノブを引くと、カランカランとベルが鳴った。ひやりと冷房の効いた空気が頬に触れる。

「お邪魔します……」

中に入ってすぐ、視界に入った光景に絶句した。
五、六台のテーブルと椅子とカウンター席の、こぢんまりした店内。客は誰もいなくて猫もいない。そこまではまだいい。
問題は。

「いらっしゃいませ」

と言いながら、グラスを磨くひとりの男。マスターらしき彼は、なぜか、頭に薄い茶色の地に縞模様の、猫のかぶり物を被っていたのだ。人の頭よりひと回り大きい、動物の頭。つぶらな瞳に、白くてモコモコの口。こげ茶色の縞模様。すらっと背が高い細身の体を白いワイシャツに包み、胸元にはループタイを下げている。

服装はごく普通の喫茶店のマスター風だが、頭だけは無表情の着ぐるみである。そこだけ、まるで遊園地のマスコットのようだ。

「一名様ですか？」

猫頭の男はごく自然に尋ねてきた。

「あ、はい」

間抜けな返事をする。

「どうぞ、お好きな席へ」

かぶり物のせいで少しくぐもっているが、しっとりと甘い穏やかな声だ。当然ながら、表情は読めない。

なんだこれ。変な店に入ってしまったようだ。かぶり物のマスターなんて、こんな変人初めて見た。

しかし入ってしまった手前、引き返す勇気は出ない。とりあえず、カウンター席、つまり彼の正面に座ってみた。

猫頭のマスターは、静かにグラスを磨いている。かぶり物が気になる。ちょうど店の前で見かけた猫と同じ色だ。ふわふわの毛並みがエアコンの風で微妙に揺れている。気になって仕方ない。

じっと観察していると、マスターはそっとグラスを置いて、温められていたコーヒーメーカーを手にとった。奇っ怪な外見とは裏腹に、慣れた手つきでコーヒーを注ぐ姿はやけに様になっている。

彼の淹れたコーヒーが、とん、と私の前に置かれた。

「え」

まだなにも注文していないのに。

「ホットコーヒーは心があったかくなりますよ」

猫頭がこちらを向いて、温厚な声で言った。両手でカップを持つと、ほどよい温もりが手のひらを温めた。

「ありがとう、ございます」

「カフェインは疲労回復に効果的なんだそうです」

再び、グラスを磨きはじめる。

疲労回復。初対面の彼から見ても、私は疲れた顔をしていたということか。差し出された砂糖とミルクを加えて、くるくるかき混ぜる。甘めに調合したコーヒーをひと口啜《すす》る。まだ少し苦いけれど、温かい。

それからハッと、自身の顔に意識が向く。疲れた顔をしていた、というより、涙で化粧が崩れてとんでもないことになっているかもしれない。

「す、すみません、みっともない顔して」

慌てて顔を伏せると、いえいえ、と男は小首を傾げ、猫頭を指さした。

「これを被っていると視界が狭くて。お客様のお顔は下半分しか見えてませんから」

「ええっと」

突っこんで、いいのだろうか。

「そのかぶり物って」

「変ですか?」

変ですよ、と内心で即答する。

「どうして被られてるのかな、と思いまして」

「僕、猫が好きなんです」

いや。猫が好きでも、それを被る理由にはなっていない気がする。

「僕のことはまあ、いいとして。お客様こそ、なにかお辛《つら》いことでもあったんですか？」

顔の下半分の、涙の跡を見ているのだろう。せっかく忘れかけていたのに、胸の奥でぐるぐる巡って消化されずにいる不快感がよみがえってきた。

「なんでもないです」

「そうでしたか。それは失礼しました」

猫頭は静かにグラスを磨いている。しつこく聞いてはこない。私はまたひと口、コーヒーに口をつけた。

「あの」

声を出すと、猫頭が手を止めた。

「ごめんなさい。やっぱり、聞いてもらえますか」

初対面の、しかも猫のかぶり物なんか被った妙な男だけれど、なんだか人に言いたくて仕方なかった。話を聞いてほしくて、たまらなかった。

「もちろんです」

男は一旦、グラスを置いた。私はコーヒーで口を湿らせて、切り出した。

「今まで東京の本社にいたんですけど、いきなり転勤を命じられて、この近くの支社に飛ばされたんです」

髪を掻《か》き上げて、ため息をつく。

「それも……上司のせいで」

「上司さんの」

「はい。他部署の部長なんですけど。もう本部長昇格の話も出てる、仕事のできる人で」

奴のことは思い出しただけで腹立たしい。

「その人に、ある日飲みに誘われて。断れなくて行ったら、強引に体を触られたんです」

猫頭のマスターは黙って聞いていた。

「ふざけんなって思いました。そもそも許せるような容姿でも人間性でもないんです。ほんとただのセクハラなんです」

私が余程疲れていたか、目の前の彼がファンシーな頭をしていたからか、相手が女性というわけでもないのに、こんな話がずるずる出てきてしまう。

「思い切り顔を引っぱたいて罵詈雑言を浴びせた挙句《あげく》、走って逃げたら……その数日後、辞令が出ました」

部長の顔に泥を塗った。彼の自業自得だが、暴力と罵声を食らわせた私にも非がないこともない。それに、仕事の面に関しては有望な彼を、会社は蔑《ないがし》ろにしない。だったら下から数えた方が早い私を悪者にして、遠くに飛ばした方が損がないということなのだろう。

「私が……悪いんでしょうか」

コーヒーの水面を見つめる。ゆらゆら円を描いて、歪んだ私の顔を映す。

「お客様……」

男の声が降ってくる。見上げると、間抜けな猫頭が佇んでいる。

「チョコレート、お好きですか」

彼の手のひらから個包装のチョコレートがふたつ、差し出された。

「そういうときのチョコレートって、特別甘いんです」

ころり。チョコレートがテーブルに置かれる。

「……ありがとうございます」

「人間社会って、残酷ですよね。利益だったり、好奇心だったり。他人の気持ちを呆気なく踏みつけて、自分にとって都合のいい方向に運びたがる人が得をする」

猫の顔をして人間社会を語る彼。

私は彼から受け取ったチョコレートの包装を破って、口の中に放りこんだ。

「だけど世の中って、思ってたよりちょっとだけ、甘くできてるんです」

本当だ。涙で塩味になった口の中に、そのチョコレートはとびきり甘い。

不思議な感覚だ。こんな見ず知らずの、しかも猫のかぶり物なんか被った変な人に、癒されてしまう。胸にぐっさり刺さっていた太い棘《とげ》が、ふわりふわりととろけていくような、そんな温かさだった。

「女性の立場になれない僕が偉そうに言えたことじゃありませんが、あなたが悪いなんてことはありません。少なくとも僕は思いません」

チョコレートが口の中で砕ける。優しくて、甘い。

「だけど辛かったら、思い切り泣いてくださっていいんですよ。今ならあなたの顔がよく見えてない、僕しかいませんから」

なんて穏やかな声だろう。なんでこんなに、私を甘やかすのだろう。胸がじわりと熱くなる。

「泣けないですよ」

思わず笑みが零《こぼ》れた。

「そんな猫頭されちゃ、笑っちゃいますよ」

猫頭がまた、グラスを取った。

「ならよかった。顔の下半分だけでも、笑顔の方がずっと素敵です」

別の涙が出そうになった。けれど、頬が綻《ほころ》んで、胸がほっと心地いい。

「すみません、こんなこと話して。愚痴を聞いてもらってすっきりしたし、なんだか元気が出ました」

よかった、と猫頭が頷く。グラスを磨く動きが落ち着いていて、優雅だ。それに似合わない、不思議な猫頭がどうしても気になる。

「あの。もしよかったらお顔、見せていただけませんか？」

マスターの手が止まる。

「だめですか」

「だめです」

そこは曲げないようだ。

体型や声の感じからして、若い男性だろう。私よりは少し年上、三十代くらいだろうか。

「どうしてそんなの被ってるんですか」

先程もした質問をする。

「猫が好きだからです」

先程と同じ答えが返ってくる。しかし、今度は続きがあった。

「そんな答えじゃ、納得していただけないでしょう？」

落ち着いた口調の中に、僅《わず》かに笑みが含まれている。

「じつは僕、ものすごく恥ずかしがりで、人様と面と向かってお話しするのが苦手なんです。でもこれを被ってると、お互い相手の顔がよく見えないので、話しやすいんです」

却って恥ずかしい気がするのだが、彼の感覚ではそれはないようだ。

「ふうん……じゃあ、それを取るのは今度でいいです。せめて、マスターのお名前を教えてください」

「名乗るほどの者ではありません。マスターと呼んでください」

私はちらと壁を一瞥した。営業許可証に思い切り名前が記載されている。

「片倉柚季《かたくらゆずき》さん、ですか」

「いやあ。落ち着くと冷静でいらっしゃる」

マスターは再びグラスを磨きはじめた。

「じゃあ片倉さん」

ぴたり。名前を呼んだ瞬間、彼の手が止まった。

「ええと、やっぱり恥ずかしいので、マスターで……」

そのかぶり物は恥ずかしくなくて、名前で呼ばれるのは恥ずかしいのか。彼はかなり変わっている。

「冗談です、マスター」

立ち上がりながら、鞄から財布を取り出すと、彼は手をひらひらさせた。

「お代は結構ですよ。僕が勝手に出したものです。僕の奢《おご》りです」

「え！　そんなわけには」

「いえ、いいじゃないですか、たまにはそういう日があっても。今日のあなたにはご褒美があってもいいと思いますよ」

なんだ、この人。やっぱりすごく変わっている。

「じゃあ……ごちそうさまでした。ありがとうございます。また来ます」

「楽しみにしてます」

出口に立って、振り返った。

「びっくりしました。猫のいる喫茶店かと思ったら、猫マスターのお店なんだもん」

ふふっと笑うと、彼もくすっと笑った。

「そういうお客様、結構多いんですよ。店名を変えた方がいいでしょうか」

「いや、やっぱり猫だし、いいと思います」

くすくす笑い合っていると、ふいに、マスターが言った。

「猫、お好きですか?」

「え、はい」

「その、よかったら、ですけど」

「……はい」

「付き合っていただけませんか——これから猫さんと遊ぶんで」

一瞬、ドキッとした鼓動をなかったことにしてほしい。


彼は私を連れて店の外へ出た。空がうっすらオレンジがかっている。海がきらきらしていて、鳥の鳴き声がして、波の音がして、なんて心地いいのだろう。不思議だ。お店に入るまでは、こんな風景には見えなかったのに。

建物の前に私の自転車が停まっている。その横に、わさわさと茂るネコジャラシ。

マスターがスッとネコジャラシの前にしゃがんだ。そして茂みに向かって親指とほかの指と擦りあわせ、さらさらと鳴らした。木の葉が風に擽《くすぐ》られるみたいな、軽くて静かな音がする。すると。

「あ……かわいい」

茂みからぴょこんと、猫が顔を出したのだ。よく見ると先程会った茶トラ白だ。

マスターは猫の喉を指先で撫でた。毛色がお揃いだ、なんてぼんやりと思う。

「この子、そちらの猫ちゃんだったんですね」

「僕のじゃないんです。この辺に住み着いてるノラ。去年の夏、付近で捨てられたみたいです」

私はマスターの隣にしゃがんだ。

猫はノラのわりによく人に馴れている。マスターの言うとおり、つい最近まで人に飼われていたような気配がある。

しばらく沈黙があった。風がさわさわ木を撫でる音、猫の喉がゴロゴロいう音だけが聞こえる。静かだ。

「名前、なんていうんですか？」

「つけてません」

「意外。なんでつけないんですか？」

「愛着が湧いてしまうから」

それはもう手遅れだろう。そんなにかわいがっていて、なにを今更。

「ニャー助」

「え？」

私は猫に向かって手を差し出した。マスターの猫頭がくるりとこちらを向く。

「ニャー助。今つけました」

ぐずぐずしているから名付け親の地位を奪ってやった。思いつきで適当につけたけれど、なんだかしっくりくる。

「すごく馴れてますけど、食べ物とかあげたんですか？」

聞くと、彼はいいえ、と首を振った。

「僕が飼わない以上、無責任に食べ物をあげることはできません。お腹空かせてるだろうから、猫缶とか、本当はあげてみたいんですけど……」

「飼ってあげることは、できないんでしょうか」

膝に頬杖をついて提案すると、彼は猫の首を撫でながらまた首を横に振った。

「猫アレルギーなんです」

猫頭のくせに猫アレルギーなのか。それならこんなに猫を触って、大丈夫なのだろうか。

私はそんなマスターを眺めながら言った。

「じゃあ、私が飼いましょうか？」

マスターは膝の上の猫に猫頭をうずめた。猫の胸元を指でわしゃわしゃしながら猫臭を楽しんでいる。いいなあ。私もやりたい……。

数秒、沈黙が流れた。私はゆらゆらするしましまの尻尾《しっぽ》を眺めながら、沈黙を破った。

「私が飼いましょうか？」

「もう一回おっしゃいましたね」

「返事がなかったから、聞こえなかったかと思って」

「失礼。あまりに都合のいい提案だったので幻聴かと思いました」

かぶり物の猫の大きな瞳が私を覗きこむ。かわいい。

「あの……それ、本当ですか？」

猫頭が真顔に見える。

「アパートはペット可ですし、実家に猫がいるのでノウハウはあります。車とか怖いから外には出さないようにするし、動物病院の定期検診も受けさせます。もちろん、予防接種も。皮膚病も怖いから月に一度はお風呂に入れます。どうでしょうか？」

「本当に……本当にですか。そんな高待遇で……本当に、いいんですか」

猫頭の中の声がうわずっている。

「私こそ、変な愚痴を聞いていただきましたし、コーヒーもごちそうになりましたから」

「そんな……僕はなにも……」

彼はしばし戸惑った様子で猫と私を交互に見ていたが、やがてふわりと猫を抱き上げた。

「よかったなあ、ニャー助」

そんなマスターに頬が緩んだ。

「でもまだご飯も猫砂もないので、明日までに準備を整えてまた迎えに来ます。心配でしょうから近況報告はまめにしますね。あ、もしよければ、連絡先……」

「ええ、はい」

　ワイシャツの胸ポケットから、小さな紙を差し出してきた。名刺かと思ったら、お店の名前と地図と電話番号が書かれたカードだった。私は会社の名刺に自分の携帯番号を書いて、手渡した。

「有浦……さん？」

「あ、下の名前は夏梅って書いて、なつみって読みます」

　読みづらい名前なので先に言う。彼はへえ、と珍しそうに名刺を眺めた。

「ナツウメ、みたいですね」

　マスターのきれいな指が、私の名刺を摘まんでいる。

「よく言われます。どう見てもナツウメだって」

　子供の頃から言われ続けてきたことだ。マスターはまだじっと名刺を眺めていた。

「ナツウメって、マタタビの別名なんです」

「へ。そうなの？」

　この名前で二十六年間生きてきたけれど、それは初めて言われた。

　ネコ科の動物は、マタタビの香りに恍惚《こうこつ》を感じ、強い反応を示す。実家の猫も、マタタビを嗅がせると酔っ払ったみたいにふにゃふにゃになっていた。

　マスターは名刺を胸ポケットにしまい、また猫を撫ではじめた。

「えーと、それで。マタタビさん」

「……はい？」

驚いた。まさかそれがそのまま呼び名になるとは。

「ニャー助のこと、よろしくお願いします」

「あ、はい、こちらこそ」

猫頭がぺこりとお辞儀《じぎ》した。着ぐるみがぽくんと傾いて、取れそうに見えたが、取れなかった。

嫌がるのは目に見えているが、やはりそのぐらつく猫頭が気になる。

「マスターがニャー助に名前をつけずにいたのって、愛着が湧いちゃうからでしたよね」

おとなしく座るニャー助がこちらを見ている。マスターはニャー助を見つめながら頷いた。

「私は逆に、愛着を持つためになんでも名前をつけて呼びたいタイプの人間なんです」

「ほう。名前をつけたことで、マタタビさんの特別なオンリーワンになりますもんね」

ちら、と猫の被り物を一瞥する。

「着ぐるみで顔が見えなくて、謎というのもひとつの魅力だとは思うんですけど、やっぱり私は名前のある『個』と向き合いたい」

猫頭が少し、こちらを向いた。私はニヤリと笑って続けた。

「私は『片倉さん』という個に興味があります。いったいあなたが何者なのか。なにをしようとして、こんなものを被ることに行き着いたのか」

嫌がるかも、しれないけれど。

「なので、片倉さん。私はあなたと、片倉さん個人として話がしたいです」

じ、とかぶり物を見つめる。猫頭の作り物の目がこちらを見つめ返す。

しばらく、沈黙が流れた。

さわ。風が木を撫でる。ネコジャラシが揺れる。

「……わかりました」

落ち着いた声が沈黙を破った。

「特別に、それでもいいです」

「やった！」

マスターに、いや、片倉さんにニッと笑う。着ぐるみの表情はやはり変わらなかったけれど、中から微かに笑い声がした。

「じゃ、さっそく確認したいんですけど」

猫頭をがしっと両手で持って引っ張ると、さすがに頭を押さえて制された。

「取るのはだめです」

「なんでよ！」

「それはタブーです、僕のアイデンティティを奪わないでください」

結局、彼の猫頭はとうとう外すことはできなかった。

帰り道の夕焼け空は清々しく晴れ渡っていた。小憎らしい太陽が私を見下ろして笑う。

なんだか、なにに悩んでいたのか、なにに泣いていたのか、いつの間にかどうでもよくなった。

ふたつ目のチョコレートは、次に泣きそうになったときのためにとっておこう。鞄のポケットにそっと忍ばせたそれを触る。

自転車のペダルが軽い。鼻唄なんか唄いながら、アパートに帰った。

# Episode 2・猫男、甘やかす。

「げ、夏梅⁉」

ブレザー姿の少年が、私に向かって苦い顔をした。

「おい……行くぞ」

高校時代の彼氏くん。隣には、同じクラスのあの子。

彼が私に背を向けた。振り向きもせず、背中が遠のいていく。待って、行かないで。

「待って！」

起き抜けに叫んだ自分に、急に冷静になって呆然とした。目覚めると、引っ越してきたばかりのアパートの一室、片付けの済んでいないダンボールだらけの現実だった。

嫌な夢を見てしまった。もう忘れたつもりだったのに。

昨日、喫茶店を出たあと、片倉さんの助言をもとに来たばかりの慣れない町でなんとかホームセンターを見つけ、ニャー助と暮らすためのアイテムを買い揃えた。自分の荷物もまだ広げきっていない無機質な部屋だが、ニャー助のためのご飯入れや猫砂はきちんと設置してある。これでいつでもニャー助をお迎えできる。

ニャー助が来るのが楽しみだ。そして、またあの変わり者のマスターと話すのも。

「お疲れ。一緒にランチしようよ」

その日、昼休みにニヤニヤしている美香に捕まった。

おそらく、昨日私がはぐらかした転勤の理由を聞こうとしているのだ。話してみたら気持ちが楽になるのかもしれないけれど、なんせ美香だ。世話焼きでお節介焼きでゴシップ好き。あることないこと付け加えて、社内中に喋りかねない。一緒にご飯まではいいけれど、深く喋る気にはならなかった。

「うん。あ、そうだ美香、海沿いにある喫茶店、行ったことある？」

あそこでランチはどうだろう。しかし美香は、ああ、と首を横に振った。

「猫カフェだっけ？　ごめん、私、猫嫌いなんだよね」

猫がいるわけではなかったけれど。

「ああ、うん。そっか」

言わないでおいた。やはりだめだ。あの場所は、秘密にしておこう。

結局、ランチは美香のお気に入りの店で済ませ、そして隙あらば転勤の理由の話題に持っていこうとされた。そんなに気になるなら私ではなくてほかの同僚から聞けばいいのに。せっかく消えていた不快感がよみがえってくる。

それは、仕事でも同じだった。

「なにこれ、コピー用紙足りてないじゃん」

女子社員に人気と言われる支部長サマが大変ご立腹の様子だ。

「すぐ補充します」

「早くして」

不機嫌の理由は、お客さんから名前をまちがえられたからだ。彼の名前は雨宮省吾《あめみやしょうご》。〝あまみや〟ではなく、〝あめみや〟。そんなどうでもいいことにいちいち機嫌を損ねる、面倒な人だ。

支部長が不機嫌なだけでもこたえるというのに、直属の先輩、園田《そのだ》さんにいたってはわけもなくずっと不機嫌面である。支社最年長のいわゆるお局《つぼね》様で、例に洩《も》れず私のことが嫌いなようだ。話しかけても返事をしないことが多々ある。

イライラしてはいけない。昨日片倉さんから貰ったチョコレートでも食べて落ち着こう。

鞄に隠していたチョコレートを引っ張り出す。すると横から手が伸びてきた。

「あっ、夏梅いいもん持ってんじゃーん。一個ちょうだい」

美香に奪われた。

そんな。そのチョコレートは、もうひとつしかないのに。たかがチョコレートだけれど。

そのチョコレートは特別なものだったのに。

「どしたー？　あ、これおいしいねえ」

なんて無神経な。

ああもう。早くあがってしまいたい。早くあがって、ニャー助に会いたい。

残業をできるだけしないでさっさと仕事を切り上げて、自転車に飛び乗る。ロッカーに隠してあったペットキャリーと仕事鞄をカゴに積んで走りだす。

商店街の疎《まば》らな通行人をよけて、海浜通りに出る。町から外れたこの辺りは、商店街に比べ人影が減って静かだ。カモメらしき鳥の鳴き声と波の音が鼓膜を擽る。

赤い屋根が見えてきた。かわいらしい佇まいの喫茶店が、ぽつんと潮風を浴びている。

店の前に自転車を停めて、緑色の扉に飛びつく。

「こんにちは！」

「いらっしゃいませ、マタタビさん」

片倉さんは今日も、猫頭のかぶり物を被っていた。

「今日は活き活きしてらっしゃいますね」

「昨日よりずっといいです。早くあがるって目標があったお陰でしょうか」

「ふふ。それはよかった」

ああ、癒される。この間抜けでファンシーな猫頭、そして眠くなるような温かい声、話し方。一日の疲れやイライラが、すうっと浄化されていく。

見渡すと、今日もお客さんは私のほかにいなかった。昨日と同じカウンター席に腰掛けて、片倉さんを見上げた。

「コーヒー、いただけますか？　片倉さんのオリジナルブレンドがいいです。ホットで」

「かしこまりました」

片倉さんがコーヒーを淹れる。いい香りだ。胸の奥のトゲトゲしたものが、すっと溶けていく。どこか懐かしいレトロな店内に、コーヒーの香りが漂う。片倉さんの茶トラ白の頭が黄色っぽい柔らかな照明に照らされて、より一層ふんわりして見えた。

「そのかぶり物、外してもらえないですか？」

だめだろうなとわかってはいたものの、あえて聞いてみた。

「外しません」

案の定、そんな返事が返ってくる。彼の手からコーヒーが差し出された。きれいな手をしているなあなどと考えながら、私はコーヒーに砂糖を足した。

「頑《かたく》なですね。それ、外でも被ってるんですか？」

「まさか。買い物に行くときなんかは外してますよ」

そうか。それなら外で会っても気づけないだろう。

「お仕事、お疲れ様です」

彼はそれとなく話題を私に向けた。

「新しい職場の雰囲気はどうですか？」

「うーん……ちょっと関わりにくい人が多いです。名前をまちがえたくらいですっごく不機嫌になる人とか、話しかけるなオーラに満ちてる人とか」

今日は愚痴は控えようと思ったのに、この人といるとなんだか開放的になってしまう。

「お名前をまちがえる……」

「そう。雨宮省吾っていうんですけど、〝あめみや〟を〝あまみや〟って読まれると、もう八つ当たりがすごくて」

私やほかの社員が気をつけていても、よその誰かがまちがえれば全員巻き添えなのだ。

「聞いてるうちに私もどっちが正しかったかわかんなくなってくるし」

「雨宮、省吾さんですか……」

片倉さんの無表情な猫頭がこちらを向く。

「アメショーですね」

「あ……!!　もう一生まちがえないと思います」

アメリカンショートヘア。日本で一番人気と言われる種類の飼い猫だ。お陰様でもう忘れない。

「アメショーかあ。たしかにネクタイの柄がすんごいウズマキだったりするし、案外アメショーかも。なんか支部長を見る目が変わりそうです」

「なによりです」

グラスを磨く音が耳に心地いい。

「あんな支部長でも女子社員から人気なんだそうです」

ぽつりと、文句を零す。

「アホかと思いますよ。なにしに会社に来てるんだって」

「んー……同じ現場でお仕事と恋愛の両立は、なかなか器用でないと難しいですね」

「両立できてないから仕事が疎かになるし。っていうか、あのハゲ部長も人のこと変な目で見てたわけだし」

私がここに転勤になったきっかけの男を思い出す。ああ胸糞悪い。

「マタタビさんはサバサバしてらっしゃる」

猫頭の中からくすくすと笑われた。

「色恋沙汰がお嫌いですか？」

「そうね、嫌いです」

躊躇《ちゅうちょ》なくはっきり答えた。

「一時の感情に惑わされて、好きだ嫌いだで人間関係もややこしくなるし、面倒くさいだけじゃないですか」

よみがえるのは今朝見たあの夢。

今でも鮮明に覚えているあの人の後ろ姿。私の人生最大の選択ミスであり、最大の汚点。そして最大の後悔。

コーヒーカップの横に頬杖をつく。

「面倒くさい思いは、二度としたくない」

「……なるほど」

片倉さんはなにか悟ったようだった。

「愛する人と家庭を持って、子孫を残すことだけが、かならずしも人間としての幸せとは限りません。ひとり我が道を進むのも、ひとつの正解なのかもしれませんね」

　それから、片倉さんは首を傾げた。

「でもせっかくおきれいなのにもったいない。周りが放っておかないんじゃないですか?」

「あなた、私の顔ちゃんと見えてないでしょ」

　視界の悪そうな猫頭を睨みつけると、中からまたいたずらっぽい笑い声がした。

「見なくてもわかります。花のかんばせではありませんか」

　見なくてわかるわけがない。猫頭のくせに生意気に冗談をかましている。

　片倉さんがグラスを磨くきゅっきゅっきゅという音を聞きながら、コーヒーの白い湯気をぼんやり見つめる。ゆらゆら揺れて、数センチ上で透明に消える。

　ふいに、カランカランと扉のベルが鳴った。

「いらっしゃいませ」

「うわあああん！　マスター！　聞いてよー！」

　飛び込んできたのは若い女の子だった。赤いネクタイにチェックのスカート。どうもこの辺の高校生のようだ。

「ユウくんと喧嘩したあ」

「おやおや。災難でしたね」

　女の子は私の隣の席に飛び乗って、スクールバッグを膝に乗せた。

　スカートは短く、髪もくるくる巻いてお洒落にしているが、東京で見かける高校生のような派手さはなく、どことなく垢抜《あかぬ》けない素朴な女子高生である。

「いつものでいいですか？」

片倉さんが慣れた口調で尋ねる。女子高生はこくこく頷いた。

「うん。あのねマスター、聞いて」

どうも常連さんのようだ。彼の猫頭に少しも驚かない。

「ユウくんとね、今日会おうって約束してたんだけど……。思いのほか、部活が長引いて、すんごく待たせちゃったの」

ユウくん、というのは、彼氏だろうか。私はコーヒーを啜りながら彼女の甲高い声を聞いていた。

「それでね、合流したら、『前にも何度もこういうことがあった』って怒られちゃった」

何度も……。それはたしかに、待たされる方としては腹立たしいだろう。待たされるだけでも不快に思う人は多いのに、彼はそれを何度も我慢してきたというわけだ。気の毒だ。

「でも部活こんなに長引くと思わなかったし、そんなに怒ることとなくない!?」

女子高生はキッと片倉さんを睨んだ。なにもしていないのに睨まれた片倉さんは、これも慣れっこのようで静かにアイスミルクティーを差し出した。

「ほう。それはそれは」

「バカなのも空気読めないのもわかってるし、今まで我慢してきたけど、そろそろ耐えられないって。これから少し距離置こうって」

ミルクティーを受け取って、女子高生はグラスに突き刺したストローに口をつけた。

「ねえ、そこのお姉さん。そんな男ってどう思う？」

女子高生がくるっとこちらを向く。

「え、私？」

巻き込まれてしまった。ちらりと片倉さんの方を見て助けを求めてみたが、彼は黙ってなにやら作業している。私はまた女子高生に向き直った。

「部活が長引きそうって、連絡した？」

「してないよ」

「誘ったのは、どっちから？」

「あたしから」

あーあ。これはこの子に問題がある。この傷心している女の子に、フォローの言葉がひとつも思いつかない。

「連絡しなかったあたしも悪いけどさあ、あたしにだって用事はあるし、やむを得ないときだってあるじゃん。なにもさあ、距離置こうとまで言うことなくない？」

女子高生は脚を組んで続けた。

悪いけど、と言ってはいるけれど、反省しているようには見えない。私はコーヒーをひと口啜った。

「あのさ、それはちゃんと謝った方がいいよ？」

「ええ⁉　あたしが⁉」

女子高生がぎょっと目を剝《む》いた。

「それはつまり、あたしが悪いってこと？」

「いや、悪いとか悪くないとかで言ったら……」

……悪いね。

「お姉さん彼氏にそんなこと言われたらむかつかない？」

「うーん、私はもう何年も彼氏いないから、そんな感覚忘れちゃったよ」

「え⁉　彼氏いないの？　なんでよ、そんなに美人なのにもったいなーい」

女子高生が目を丸くする。会話の流れで自然に褒められると悪い気はしない。女子高生は椅子から立ち上がってカウンターの向こうの片倉さんを指さした。

「なんでなんで？　ほら、そこの猫頭は独身だよ？　どう？」

「は⁉」

どうって。突然話題にされた片倉さんはというと、とくに驚いた様子もなく豆を挽《ひ》いている。というか、かぶり物のせいで表情なんかまったく読めない。

「いやなに言って……私はややこしい人間関係は面倒くさいから、そういうの考えないの」

女子高生にぶんぶん首を振ると、彼女は椅子に腰を下ろして不服そうに唇を尖らせた。

「つまんないの。恋しないと女は腐るよ？」

「腐って結構。好きだ嫌いだ喧嘩しただの、面倒だもの」

そもそもその、恋愛で女性がきれいになるみたいな考え方自体がおかしい。このくらいの年頃の女の子は、すぐにそうやって恋愛に夢を抱きたがる。

「あなたは恋愛に夢を見すぎなのよ。その彼氏くんのことも、待たせたって怒らない王子様だと思ってたんでしょ？　そんなことないのよ、相手も人間なんだから」

大人の余裕ぶって落ち着いた口調で言ってからコーヒーをひと口含む。

女子高生が黙った。私はコーヒーの水面を見つめて続けた。

「人間だから、価値観のちがいはあるでしょうけど、基本的にはあなたと同じ。嫌なことは嫌だし、我慢した分、怒るときは怒るのよ」

偉そうに喋って、ちらと彼女を横目で見る。

女子高生はミルクティーのグラスをじっと見つめていた。先程までの強気な目はどこへいったのか、しゅんと落ちこんだ瞳にグラスの氷を映している。

「……あたしだって、バカなのも空気読めないのも、わかってるもん……」

女子高生の声が震える。まずい。言いすぎたかも。

「わかってるし直そうとしたもん。でも直し方わかんないんだもん」

大きな目がうるうると涙を孕《はら》む。これは本格的にまずいことになった。

「どうしよお……あたし、ユウくん大好きなのに。ユウくんに嫌われたくない……」

ぽろぽろと涙が零れ落ちて、カウンターを濡らした。

「あ、えっと……ごめんね、私……」

おろおろ慌てて言葉を探す。なんと言ったらいいのか、ちょうどいい言葉が見つからない。

「ごめん、そんな泣かすつもりじゃ……」

とん。慌てふためく私と女子高生の間に、突如金色の小瓶が置かれた。

一瞬なにが起こったのかと目をぱちぱちさせたが、それがカウンターの向こうの片倉さんが置いたメープルシロップだということに気がつく。

「ミルクティーにメープルシロップ。おすすめなんです」

猫頭から、柔らかい声がする。女子高生が片倉さんを見上げた。彼はグラスの横にすっとマドラーを置いた。

「アイスだから溶けにくいので、よく混ぜてくださいね」

「……うん」

女子高生がたらりとシロップをミルクティーの中に垂《た》らした。金色がとろとろと、ベージュの中に溶けていく。マドラーを突っこむと、氷がぶつかりあってカラカラ、心地いい音を奏でた。女子高生はストローをくわえ、ぱっと口を離して目を輝かせる。

「おいしい」

「でしょ」

片倉さんがふわりと首を傾けた。

「さて、彼氏さんのことですが」

「うん」

女子高生がまた、しゅんとして目を伏せる。

「バカだとか空気が読めないだとか、おっしゃったそうですが」

わざわざ蒸し返した片倉さんに、女子高生はますます下を向いた。

「本当に嫌いだったら、そんなこと言わないと思いますよ」

「……え？」

女子高生が顔をあげた。片倉さんはふふ、とかぶり物の中で笑った。

「どうでもよかったらわざわざそんなこと教えません。あなたが大好きだからこそ、本気で気持ちをぶつけてくれたんです、きっと」

言葉は女子高生に向けられているのに、部外者の私まで呆然と聞き入った。

「彼氏さんとは、これを機会にふたりでよく話しあってみるのもいいかもしれませんね」

穏やかな声が静かな店内に染みていく。

「本気でぶつかりあうのって、避けたくなるけど本当はとっても大事なことですから」

「マスター……。マスター！」

女子高生がガタッと席から立ち上がった。

「ありがとう！　ありがとうマスター！　元気出た。あたしやっぱりユウくんが好きだから、あたしの気持ち伝えてくる！」

なんて表情豊かな子なのだろう。くるくる忙しく変わる彼女の顔を見ていると、自由人でわがままなのに、なんだか憎めない。女子高生は私の手をぎゅっと握ってきた。

「ありがとね、お姉さん。お姉さんがいろんなことはっきり言ってくれたから、ちゃんと自分のことに向き合えた。あたしたぶん、今まで本気で自分の性格直そうとしてなかったと思う。あたし頑張るよ！」

「うん、応援する」

他人の恋愛沙汰ほどどうでもいいことはなかったが、なぜかこの女子高生のことは、本気で応援したいと思った。

カウンターの向こうを見ると、片倉さんが何事もなかったかのように隅っこでなにか作業している。

「マスターってすごいよね」

女子高生も同じく彼を見ていた。

「なんだか、いろんなことを話したくなるの。誰にもできないような相談から、どうでもいいような雑談まで」

「うん。私も、それは感じた」

初めて出会った、昨日の夕方から。誰にも話す気になれないような愚痴を聞いてくれて、私の胸をすっと軽くしてくれた。

「あれはきっと、猫頭の力だと思うの」

女子高生が彼の薄茶色の後ろ頭を指さした。距離があるうえに作業中の片倉さんの背中には、聞こえているかどうか微妙な声のトーンだった。

「顔が見えないし、名札もつけない。そしてあの人からも、こっちの顔はよく見えてない。匿名の『誰か』でいてくれるから、安心して話ができる。そう思うの」

なるほど。女子高生の言うとおり、それが彼の魅力なのかもしれない。

女子高生はメープルミルクティーを飲み干して、立ち上がった。

「ごちそうさま。あたし、ユウくんに電話しなきゃ。ありがとうマスター。お姉さんも」

彼女は帰り際にありがとうとしきりにお礼を繰り返して、店をあとにした。

ドアベルの音とともに女子高生の後ろ姿が消えると、台風が去ったかのように店内がしんと静かになった。カウンターの隅にいた片倉さんがこちらに戻ってくる。私は彼の猫頭を見上げて尋ねた。

「片倉さん、あなた何者なんですか？」

「ご覧のとおり、しがない喫茶店のマスターです」

「魔法使い？」

「いえ、喫茶店のマスターです」

どんな魔法を使ったのだろう。傷ついた心でやって来て、泣いたり怒ったり不安定に感情を揺らしていたあの女子高生を、一瞬で笑顔に変えた。この人は、何者なのだろう。

「人と話すのが苦手って、嘘じゃないですか」

話すのが苦手だからかぶり物を被ったと言っていたくせに、会話で人を元気にするなんて。

片倉さんは小首を傾げた。

「いやあ、そんなことないですよ」

あの女子高生が言っていたとおり、きっと、このかぶり物で素顔がわからないから、彼はこんなに他人に寄り添えるのかもしれない。

「私なんか本音がばんばん出ちゃうから、気の利いた言葉なんてひとつも思いつきませんでしたよ」

「それが却って彼女の心に響いたじゃありませんか。あの子、喜んでらっしゃいました」

それも片倉さんのフォローあってのことなのだが、まあいいか。

女子高生はどうなったのだろう。私と片倉さんの言葉を受けて、気持ちを持ち直して、電話をかけると言って出ていった。青春を謳歌する彼女の、ちょっとした背景にすぎない私が、お節介に考える。

彼氏くんとは仲直りできるだろうか。私が余計なことを言ったせいで、傷ついてはいないだろうか。相手を傷つけてはいないだろうか。

「本当はね……」

ぽつりと言った声は無声音になりかけた。

「あの子には、恋愛なんかで人生を棒に振ってほしくなかったの」

それなのに、言わなくてもいいことを言ってしまう。視界の真ん中を埋める、間の抜けたこの猫頭を前にすると、胸の中のものがあふれ出して止まらなくなる。

「なんでだろう。私みたいだったから、かなあ」

嵩《かさ》の減ったコーヒーに視線を落とす。静まり返った水面に、うっすら自分の顔が映っている。

私みたいと言っても、見た目や悩み事の内容のことではない。でも、なにかが自分と重なった、それだけだ。

嫌な夢を思い出す。正確には、あの日見た、後ろ姿を。あの子には、あんな後ろ姿を見送るはめになってほしくない。そんな思いをするのは、私ひとりで十分なのだ。

片倉さんは静かに佇んでいた。私の次の言葉を待っている。しかし私は、そこで言葉を切った。

「そうだ、今日はニャー助を引き取りに来たんです」

次の言葉なんか、思いつかなかった。床に置いていたペットキャリーを掲げると、片倉さんがえ、と顔をあげる。

「マタタビさ……」

「早く涼しい部屋でおいしいもの食べさせてあげましょう！」

強引に話題を逸らすと、片倉さんは諦めに似た口調でついてきてくれた。

「そうですね。それじゃニャー助を呼びましょうか」

会計を済ませて、片倉さんと店を出る。ドアベルの音に見送られながら一歩外に出ると、空の色はやや夕焼けがかって、海面をきらきらさせていた。

私たちが出てくるのを見計らったかのように、ニャー助がネコジャラシの茂みから顔を出す。

「ふふ。待ってたんでしょうか」

片倉さんが猫頭の中で微笑む。ニャー助はとことこ歩いて自転車の下で丸くなった。私はキャリーを持って、丸まったニャー助に近づいた。片倉さんも、自転車の前にしゃがんでニャー助に手を伸ばす。ニャー助が片倉さんの指先にじゃれつく。よく懐いている。

「片倉さんからしたら、仕事のあとの楽しみを私に取られちゃうってことですよね」

こんなに馴れているのに、ふたりを引き裂いてしまうのが今更申し訳なくなる。

「マタタビさんが引き取ってくださらないと、この子は車にはねられたり不届き者に石を投げられたりするかもしれません」

片倉さんがニャー助をまっすぐ見つめて、ぽつぽつ言葉を並べる。あまりに寂しそうで、余計に申し訳なくなった。

「マタタビさんなら安心してお願いできます。ニャー助をよろしくお願いいたします」

と言いながら、片倉さんは着ぐるみらしからぬ哀愁《あいしゅう》漂う目を向けてくる。

「これはけじめです。飲食店だし、猫アレルギーなのに猫に甘えていた自分への」

「まあそう言わずに。また連れてきますよ。おいで、ニャー助」

ペットキャリーを開けて誘導する。片倉さんは膝に頬杖をついて眺めていた。ニャー助はしばらくキャリーを警戒してなかなか入らなかったが、尻尾をつつくと、もそもそとキャリーに身を入れた。

「ニャー助」

片倉さんが呼ぶ。ニャー助はキャリーの中でくるりと振り向いた。

「いい名前です」

「でしょう?」

自信満々のネーミングを褒められ、顔がニヤける。

「匿名の猫でいるより、この子はニャー助の方が合ってると思うんです」

「本当に似合っていますね。よかったなニャー助」

片倉さんは普段なかなか聞けない少しテンションの高めな声で言って、ニャー助の狭い額をぐりぐり撫でた。私は気持ちよさそうに目を細めるニャー助に視線を落とす。

「片倉さんは、いつまで匿名の猫でいる気なんですか?」

「さあ、一生ですかねえ」

よいしょ、と小さく声をあげ、片倉さんが立ち上がる。

「さて。ではマタタビさん、これからニャー助を頼みます」

ぺこりと丁寧にお辞儀して、彼は喫茶店へ戻っていった。去りゆく後ろ姿をしゃがんだまま見送る。匿名でいることが彼にとっての正解なら、それもいいのだろうけれど。

「はい、任せてください」

キャリーの扉を閉める。ニャー助は網目の隙間から片倉さんと私を交互に見ていた。

自転車のサドルにキャリーを固定して、ハンドルを引いて歩いて帰った。アスファルトの小石を跳ねるたび、キャリーがガタンと揺れるが、ニャー助はいたって落ち着いていた。

青かった空はだいぶ橙色《だいだいいろ》に侵食されている。潮の香りがした。

「ねえニャー助。片倉さんってどんな人?」

ひとり言みたいに、ニャー助に話しかけた。ニャー助は自転車のサドルからこちらを見上げている。前足を揃えてじっと、大きな目をぱちぱちさせていた。

「ニャー助とおんなじ、ノラ猫なのかなあ」

にゃあ、とニャー助が呟く。なんと言ったのかは、わからない。

「煮干し買ったんだ。帰ったら食べようね」

ひとりが心地よくて人に懐けない私は、ニャー助よりずっとノラ猫だ。

口の中で呟いて、空を見上げた。

# Episode 3・猫男、考える。

蟬の声が本格的に喧《やかま》しくなってきた、ある晴れ渡った日のことである。

「また来ちゃいました」

「いらっしゃいませ」

片倉さんの喫茶店は、今日も静かで穏やかだった。窓から差しこむ光こそまだ明るいが、時刻はすでに十八時を回っていた。相変わらず閑散とした喫茶店は、今しがたサラリーマンがひとり出ていって、私と片倉さんのふたりだけになった。

「今日は紅茶をいただこうかしら。アイスで」

「かしこまりました」

蟬の声がする。日が沈みかけて涼しくなってきたせいか、ヒグラシが鳴きはじめている。

「その後ニャー助はどうですか？」

片倉さんが尋ねる。私は頷いて近況を報告した。

「元気にしてますよ。ひとりが好きみたいなんですが、夜になると甘えてきて、膝の上で前足フミフミしてますね」

「そうですか……」

片倉さんは呟いて、それっきり静かになってしまった。

「片倉さん？　どうしました？」

問うと彼は、我に返ってふふっと笑った。

「ああ、すみません。ニャー助が幸せそうでよかったなあと」

「それだけですか？」

もしかして、寂しいんじゃないか。心配してみたが、彼はまたふふふと笑った。

「いや、ニャー助の仕草を想像するとかわいすぎて……。マスクでわからないと思いますが、ニヤニヤしてしまって」

かぶり物のせいでまったく無表情に見えるのだが、そうか、ニヤけているのか。

私は彼から出してもらったアイスティーをひと口飲んだ。ふわりと香り高くて、冷たい。

「ねえ片倉さん、職場の先輩にめちゃくちゃ怖いお局様がいるんですけど……名前が、園田真理子《まりこ》さん」

「じゃ、ソマリさんですね」

ソマリ。キツネみたいなふさふさ尻尾の、きれいな声の猫だ。

「ソマリ先輩のことでちょっとイライラしてたんですが、片倉さんのお陰で穏やかに眠れそうです」

「はは、単純。おっと失礼」

……今、一瞬、素になった気がする。

「片倉さんはイライラしたとき、どうするんですか？」

こういうタイプこそ溜めこんでいそうなので尋ねてみた。彼は首を傾けて考えている。

「あんまりイライラしないからなあ。頭をクリアにしたいときは、ぼうっと海を眺めたり好きなもの食べて早寝します」

微笑ましい。

「そういった意味では、最近は海を眺めてばかりです」

片倉さんがため息を洩らした。着ぐるみのくせに哀愁が漂っている。

「なにか悩んでるんですか？」

「僕は今、夏限定新メニューを考えているんです」

片倉さんは作業がてらに語った。

「ほかの喫茶店が思いつかないようなことをしたいんです」

「そのかぶり物がもうすでにオンリーワンだと思いますけど……そうですね、そういうことじゃないんですよね」

「そこで考えた新メニューが、かき氷」

「それ、どこでもやってますよ!?」

ものすごく手垢にまみれた発想だ。彼もこくんと頷いた。

「同じことを別のお客様からも指摘されました……リサーチ不足ですね」

この季節になると喫茶店の表で風に靡《なび》く『氷』ののぼり旗をよく見かける。気がつかない片倉さんのマイペースさにただただ驚愕《きょうがく》した。

「というわけで、ほかの喫茶店が思いつかないようなかき氷をつくろうと思うんですが、それがまったく思いつかないんです。このままでは夏が終わってしまう」

彼はカウンターの奥にちらと視線を投げた。視線の方向には、古臭いかき氷器がある。

なるほど、と私もしばし考えた。

「かき氷っていうとデザート感があるけど、シロップさえかけなければ無味の解《ほぐ》した氷なんですよね。解した氷の冷やし中華でも始めたらどうですか」

ためにならなそうな案を言うだけ言ってみた。片倉さんはほう、と呟いた。

「妙案ですね」

「冗談ですよ。真に受けないでくださいね？」

言ってから、再び考えを巡らせる。天井を眺めてみても、なにも閃《ひらめ》かない。

「やっぱ、一旦頭をまっ白にしないと思いつかないですね」

ため息をついて、アイスティーに口をつける。片倉さんはちらと窓の外を一瞥した。

「そうですねえ……若い頃はわけもなく大声を出したりして、考えをリセットしてました」

「へえ。意外」

「この辺は海が近いので、海に向かって叫ぶんです。青春ですねえ」

片倉さんは感慨深そうに頷いている。

「ほら、ちょうどこんな感じに」

「ん？」

首を傾げると、彼は猫頭の猫耳に手を当てた。

「聞こえませんか？」

耳を澄ませてみる。言われてみれば、外からなにやら叫び声が聞こえる、ような気がする。

「聞こえましたか？」

「聞こえました。『バカ野郎ー！』って、微かにだけど」

耳を澄ませてやっと聞こえるくらいの距離があるようだったが、片倉さんは自然に聞こえていたのだから驚きだ。猫は隣の部屋のハエの羽音まで聞こえると聞いたことがあるが、それとこれとは関係あるのだろうか。

「今時いらっしゃるんですねえ」

片倉さんは物珍しそうにぼやいた。

「なにかのトラブルだと物騒ですし、僕、様子見てきますね」

片倉さんがカウンターから出てきた。そんな格好で喧嘩の現場に乗りこんだら、余計にトラブルになりそうな気がする。

「片倉さんがお店を留守にしていいんですか？」

「今、マタタビさんしかいませんし……放っておけませんので」

そんな片倉さんを放っておけない私は、彼の後ろからついて喫茶店を出た。

店の壁を挟まなければ、その雄叫《おたけ》びは私の耳にもすんなり入ってきた。

「バッカやろおおお!!」

声の方を見ると、防波堤に男がひとり、目の前の海に向かって仁王立ちしていた。

「バカ野郎！　バッカ野郎!!」

後ろ姿は海に向かって罵声を連呼している。紺色の作業着に身を包んだ、日焼けした肌のガタイのいい男だ。

「バッカや……」

野太い声が途中で止まり、くるっとこちらを振り向いた。ぽかんと彼を見ていた私と、目が合った。

「バカ野郎！　お前に言ってんじゃねえよ！　バカ野郎」

通行人や釣り人が驚いて凍りついている。片倉さんがやんわり尋ねた。

「ひとまずトラブルではなかったようですが、どうかなさったんですか？」

「どうもしねえよ！」

怒鳴りつけた彼に、私は負けじと怒鳴った。

「どうもしない人は母なる海に向かって理由のない罵声を浴びせたりしません！」

「バカ野郎、海は広くて寛大なんだよ！」

私に向かってもう一度怒鳴りつけ、彼はどすっと防波堤からこちら側へと飛び降りた。

「バカ野郎！　バカ……野郎！　ふざけたもん被りやがって」

男が片倉さんに摑みかかろうとした。が、片倉さんは身軽にかわす。

「あらら、落ち着いてください。なにがあったんですか。僕でよければ聞きますよ」

よくこの状況でそんなことが言えるものだ。男はしばらく言葉をのみこんで、目を丸くして片倉さんを見ていた。が、やがて、男は手招きした。

「よし、聞け！　こっち来い」

命令口調で叫んで、また防波堤に座った。私と片倉さんも防波堤に座った。硬くてざらざらのコンクリートがスカートを砂っぽくする。

「女心がわからねえんだ」

男は言い、目を伏せた。

「わからん。どうすればよかったんだ……」

あんなに威勢よく叫んでいたくせに、急にへなへなと脚をたたんで三角座りになり、膝に顔を埋めてしまった。片倉さんが彼の背中をさすった。

「困りましたねえ……ちょっと、お茶でも飲んで落ち着きましょうか」


作業着の男を連れて、『喫茶 猫の木』のテーブルにつかせた。おいおい嘆いていた作業着の男は、カウンター席で顔を突っ伏していたが、しばらくすると、呟くように注文する。

「煎茶」

「かしこまりました」

片倉さんが作業を始める。私は隣に座る作業着の男に向き直った。

「どうですか、少しは落ち着きましたか？」

「少し」

男は先ほどよりは冷静に反応した。片倉さんが煎茶を出しながら問いかける。

「なにやらお辛いことがあったようですね」

男が煎茶を啜った。

「女から別れを告げられた」

「あれま。どんまい」

自分でも驚くほどしらけたリアクションをとってしまったが、彼は気にしなかった。

「仕事が終わって携帯を見たら、『終わりにしよう』って」

「それはそれは。大変でした」

片倉さんが私にコーヒーを出してくれた。

「会ってお話しされた方がいいのでは？」

「電話はしたんだが、もう別の男といるらしかった」

作業着の男がため息をつく。手遅れ、と言いそうになって、言葉にする前にのみこんだ。

「浮気されてたの？」

尋ねると、作業着の男は項垂《うなだ》れた。

「そうみたいなんだ。もうずっと前から」

気がつかなかったのか。あなた鈍感そうだもんね。と言いそうになって、これものみこんだ。作業着の男は煎茶を口に含んでから、ゆっくり話しだした。

「彼女の不満は、あんまり一緒に過ごす時間をとれてなかったことらしい。もっと気持ちを汲んでほしかったんだと」

「うわ。面倒くさ」

思わず零すと、男はちらりと私を一瞥した。

「女性から見てもそう思うのか」

「人それぞれだけどね。私はそういうの面倒に感じる」

独占されたがる女心……。考えただけで虫唾《むしず》が走る。

「なに考えてるかなんて言ってくれなきゃわからないもの。読心術が使えるわけじゃないんだし。そもそも女心と秋の空って言うし、理解が追いつくわけがないわ」

「開き直りますねえ、マタタビさん」

片倉さんが語尾に笑いを孕ませる。

「おっしゃるとおり、その手の女性にしかわからない、なにかがあるのかもしれませんね」

「ごめんね、作業着さん。私がもうちょい女心がわかればよかったんだけど」

女の自分が言っていて妙な発言だが、恋する乙女の気持ちなんて本当にわからないのである。

「一緒にいられなかったというのは、お仕事でお忙しかったとか」

片倉さんが尋ねると、作業着の男は頷いた。

「俺と彼女の休みが合わなかったんだよ。残業も多いし、忙しくて電話に出られないことも多かった」

「なら仕方ないですね。仕事の関係ならどうしようもない」

私は彼に同情した。

「こっちにだって生活があるし都合がある。それを不満がって浮気なんて……」

ああ、なんだか。嫌な奴を思い出す。

「そうだよなあ。俺はどうすればよかったんだ」

男はため息をついてテーブルに頬をつけた。真剣な眼差しで冷たい煎茶を見つめている。

「俺は鈍感だったから、あいつがそんな気持ちでいたなんて気がつかなかったし、気づかなかったから対策を考えなかった。浮気されてたことにも、まったく気がついてなかった」

はあ、ともう一度ため息を洩らす。

「俺は単純にあいつが好きだった」

「変なの。そんな面倒な女で浮気までされたのに、まだ好きなんて言えるんだ」

ばっさり切り捨てると、男はじろりとこちらを見た。

「だから、好き『だった』って。過去形だっつの。バカ野郎」

「なんだ。それならわかる」

「復縁なんか、頼まれたって絶対してやらねえ！」

作業着の男が勇んで頭をあげ、上を見た。

「もともとお互い、顔だけで選んだんだし！」

「へえ……まあ、いますよね、なんかちょっと変わった趣味の女性」

「おい、それどういう意味だ」

「私もね、ノリと勢いだけで付き合ってた人にことごとく裏切られたことがあるの」

私はふう、とコーヒーの水面にため息を落とした。

「今はもう大嫌いだけど、一瞬くらいは本当に大好きだったから、裏切られてたことを知ったときはすごく辛かった」

作業着の男は真顔で静かに聞いていた。

「だから少しは、あなたの気持ちがわかるつもり」

「へえ、あんたも……」

男が呟く。私は小さく頷いてから、

「うん。ねえ片倉さん。そういうとき、どうすればいいんでしょうか」

カウンターの向こうの片倉さんを見上げた。

「どうしようもなく悔しくて悲しくて、愚痴を零せば零すほど虚しくなるとき、どうすればいいんでしょうか」

「そうですねえ……」

片倉さんはしばし首を捻った。

「叫んでみて、いかがでしたか？」

「多少はすっきりしたけど、なんだか結局モヤモヤしたものが残っていやがるな」

作業着の男がこたえる。片倉さんが、くるりと後ろを向いた。

「たとえば､デザートという固定概念にとらわれたかき氷で、冷やし中華をつくってみる」

とん、と手を乗せたのは、カウンターの隅っこに佇む古臭いかき氷器だった。

「逆転の発想です。叫んでだめなら、無に返って冷静になってみてはいかがでしょうか」

作業着の男は黙って片倉さんを眺めていた。片倉さんはかき氷器に目線を落としている。

「事態を論理的に受け止めて、なにをすべきか、そしてご自分の気持ちも整理する。なにか見えてくるかもしれません」

作業着の男はしばし考えて、煎茶の水面に視線を向けた。

「バカ野郎」

ぽつりと、作業着の男が呟いた。

「バカ野郎。浮気しやがって。バカ野郎」

ぽつり、ぽつり。

怒りなのか悲しみなのか、私にはわからなかった。

「こっそり奪った男の方もバカ野郎」

彼の呟きに自分の境遇を重ねる。平然と浮気したあの男の後ろ姿、私から彼氏をこっそり奪っていたあの子の横顔。

「どっちも許せないね」

私はぼそ、とひとり言を零した。作業着の男はまだ、煎茶を見つめている。

「でも、七年も浮気に気がつかなかった俺がいちばんバカ野郎」

「七年も!?」

隣の男の方を振り向いた。彼が真顔で頷く。

「そう、七年も……」

その目は、しかつめらしいほど真剣な眼差しだった。

「七年も寂しがってた彼女の気持ちに気がつけなかった俺のバカ野郎！」

男の声は震えていた。

「バカ野郎。俺がいちばん、バカ野郎だ」

またも勝手に自分に重ねあわせる。彼が七年。私はたしか、一か月だったか。

「ご自身を見つめ直すことは、とても怖いことです」

ずっと黙っていた片倉さんが口を開いた。

「悲しくなるし逃げたくなる。でも、それを乗り越えた先に虚しさ以外のなにかを見つけられるのかもしれない」

片倉さんは作業着の男の手元に、そっと飴玉を置いた。

「はい、甘いもの」

作業着の男は口をぽかんと開けて飴を見ていた。片倉さんの猫頭が、小首を傾げた。

「辛かったでしょう？　今度は甘えるターンです」

作業着の男はうう、と低く唸った。しばし歯を食いしばっていたが、やがてぽたぽたと、カウンターに水滴を落とす。

呆然とした。この強気そうな男が、こんなふうに繊細に泣き出すとは思いもしなかった。

「今俺がすべきことは」

掠《かす》れた声が誓う。

「俺が寂しい思いをさせた彼女の、新しい幸せを願うこと。それと、俺も、新しい幸せを見つけること……」

私にはわからなかった。それが正しい解答なのか、そもそも正解なんてあるのか。

男は飴の包みを破いて口に放り込み、がりがり噛み砕いた。

「湿っぽくしててもしょうがねえな。明日も仕事だし、いつまでもクヨクヨしてるわけにはいかねえや！」

突然涙を引っこめて笑い、その男は清々しく喫茶店をあとにした。

勢いよく開け閉めされた扉の上でドアベルがらんらん鳴いた。扉が閉まりきると、片倉さんはひと仕事終えたといったふうに息をついて、再びかき氷器とにらめっこを始めた。

「要するに」

私は片倉さんの後頭部に尋ねた。

「やってしまったものはしょうがないんだから、反省を活かして次に行けってことですか？」

「平たく言うと、そんなとこですかねえ」

うーん、回りくどい。

「ここからは退屈な喫茶店の店主のひとり言ですが……」

片倉さんは製氷機から氷を取り出すと、かき氷器にがらがらとセットしはじめた。

「じつはもうひとりのお客様にも向けて、言ったんですけどね」

「あら。誰のことかしら」

とぼける私。裏切られたと語ったことは、もちろん聞かれていたのだろう。

「その方は逆にじっと堪えてしまうタイプなので、彼女には大声を出すことをおすすめしたいと思ってます」

「……へえ」

「彼女のことですからもう何年も溜めたままにしているんでしょう。寛大な母なる海に向かって、人目も気にせずお腹から声を出したら、案外すっきりしたりして」

片倉さんがふふふ、と意味深に笑った。私もはは、と乾いた笑いを返した。

「お節介なマスターですね」

「ねえ。日々が退屈でならないんです」

ごりごり、かき氷器が氷をかく音がする。

「片倉さん、もしかして本当に冷やし中華を始める気ですか？」

「もちろん、せっかくいただいた案ですから」

真面目な声だった。変人なのは見ればわかるけれど、やはり変だ。

「素敵な発想をありがとうございます、マタタビさん」

片倉さんは妙にご機嫌だった。


その帰り、私は途中で自転車を止めた。防波堤によじ登って、海に向かって立ってみる。夕日をいっぱいに浴びた海がきらきらと、視界を埋め尽くす。遠くに船のシルエットが見えた。空からはカモメの声が降ってくる。

海を眺めてから、口から大きく息を吸った。

「バッカやろおおお！」

大声を出す。

声がびりびり空気を震わせて、やがて広すぎる海に消えていく。

バカみたいに広い海は、叫んでも声が波に吸いこまれるようで、つい開放的になる。向かい風が髪をぼさぼさに乱した。

「なにが許せないんだ、なにが不満だ！　会社！　先輩！　上司！　変態部長！」

それと、それと。

「私を裏切りやがって、バカ野郎！」

今でもときどき夢に出てくる、あの後ろ姿に怒鳴る。

「横取りしてったあの人も！」

その男とセットで夢に見た、女の横顔。

「作業着さんは七年、私は一か月で気がついたけど……！」

びゅう、と風が吹いて、前髪が巻きあげられる。目を瞑って、声を詰まらせた。

「一か月で気がついたけど！　十年引きずってるよ！　バカ野郎!!」

思い返せばあれからもう十年。歳をとるわけである。

「十年も引きずってる私のバカ野郎！」

あんな出来事のせいで、一生分の恋愛を諦めて、だからといってどうしようとも思わないけれど。

「バカー！　大っ嫌いだー！」

ただただ、思い切り叫んだ。

解答はない。ただ、十年溜めた鬱憤《うっぷん》を吐き出したかった。


「あれ？　マタタビさん、お風邪ですか？」

翌日、片倉さんは素知らぬ顔で聞いてきた。

「わかります？　声、変ですか」

「変ではないけど、いつもより少しハスキーですね」

わざとらしく知らないふりをしているが、猫並みに耳のいいこの人なら、聞こえていても不思議ではない。

「まるで大声出して枯れちゃったみたいな声ですねえ」

「電話応対は問題なくできるので、なんら差し支えありません」

昨日広いところに向かって大声を出したら、胸の奥でむかむかしていたものがどこかへ消えた感じがした。なんの解決にもならなかったけれど、ただ少しだけ、胸が軽くなった気がする。

……と言うのは、言ってしまうと片倉さんの思うツボのような気がしてなんとなく悔しかったので口にはしなかった。

「そうそう。かき氷冷やし中華、大人気です」

片倉さんは上機嫌に言った。

「え、もうつくったんですか。しかも販売まで」

「本当にありがとうございます。マタタビさんの奇っ怪な発想のお陰です」

「感謝したいのか貶《おとし》めたいのかどっちですか」

まずそのかぶり物がいちばん奇っ怪だし、それを受け入れてしまうこの町の人も十分奇っ怪だ。

だがこれも、声には出さずにしまっておいた。

「でも案外、そういうとこ嫌いじゃないですけど、ね」

これだけを声に出して言ったら、片倉さんは不思議そうに私を見て、それからそうですか、と笑った。

# Episode 4・猫男、転身する。

仕事が異常に忙しいときは、土曜日も出勤する。その制度にのっとって土曜日もよく働いた、そんな日の帰り道のことだった。

日が落ちるのが早くなってきたと思ったら、近々十月に入るようだ。もう秋かあ、などと物思いに耽《ふけ》ってみる。

自転車を漕ぎながら夕飯のことを考えた。今日は片倉さんの喫茶店でなにか食べよう。転勤してきて、約三か月。私はすっかりあの店の常連になっていた。仕事終わりに立ち寄るのが日課にのようになって、土日もふらっと訪ねてしまう。週に三、四回は今日のように夕飯まで兼ねるようになっていた。

海浜通りを自転車で駆け抜けている途中、視界の端に入ったそれに、おもわず自転車のブレーキを握った。

地べたに小学生くらいの女の子が座りこんでいる。

よく見ると、商店街で配られている地図を眺めているようだ。ピンクのリュックサックを背負っていて、その上に白いパーカーのフードが被さっている。フードにはぴょろんと長い、ウサギみたいな耳がついている。

どうやらひとりのようで、周りに保護者らしき人は見当たらない。真剣に地図を見ているし、迷子だろうか。

声をかけようとしたが、思いとどまった。このご時世だ、たとえ親切心のつもりでも、知らない人から話しかけられたら怖がられるかもしれない。下手に関わって誘拐犯呼ばわりされる可能性も否定できない。

本当に困っていたら誰かに助けを求めるだろう。よし、関わらない方向でいこう。

悶々と考え、結論を出す。小学生を無視して自転車を漕ぎだそうとしたとき、その小学生がくるりと振り向いた。

「ねえ、おばさん」

「お姉さんね！」

……関わってしまった。

「じゃあお姉さん」

小学生がテクテク歩み寄ってきた。考え直す。こんなに小さい子がひとりでいるのだ。放っておくわけにもいかないか。

「どうしたの？　迷子？」

自転車を降りて、しゃがむ。目線の高さを合わせて尋ねると、小学生はこくんと頷いた。

「うん。果鈴《かりん》、この町にひとりで来たの初めてだから迷っちゃったの」

果鈴ちゃん、というのか。

「どこに行きたいのかな？」

「あのね。喫茶店。名前忘れちゃったんだけど、こう、赤いお屋根のちっちゃい喫茶店」

果鈴ちゃんがちらと商店街の地図に視線を落とした。

「でもね、地図に載ってないの」

「あ、もしかして」

その地図は商店街に属する店しか載っていない。商店街から外れた位置で営業している赤い屋根の喫茶店なら、一軒知っている。

「そのお店の名前って、猫の木？」

「たしかそんな感じ！」

それなら片倉さんのお店ではないか。

「ちょうどよかった。私も行こうと思ってたところだから、一緒に行こうか」

「うん！」

果鈴ちゃんが小さな手をこちらに伸ばしてきた。

さすが片倉さん、ファンシーな外見をしているだけはある。こんなに幼いお客さんまで獲得していたとは。たしかに遊園地のマスコットや地域のご当地キャラのような、子供受けのよさそうなかぶり物だ。

右手で自転車を引いて、左手に果鈴ちゃんの手を握って歩きだす。目指すは片倉さんの喫茶店だ。商店街から海の方に向かって、海浜通りに出る。涼風が髪を撫でた。

小さな手の方をちらと見て、聞いてみる。

「果鈴ちゃん何年生？」

「小学校二年生」

果鈴ちゃんが空いている方の手でピースした。

「彼氏はふたり！」

「え⁉　なにそれ、どういうこと⁉」

思わず果鈴ちゃんの方に振り向く。

「ふたりの男の子から好きって言われたの。果鈴、選べなかったから両方と付き合ってるんだよ」

なんということか。最近の子供はこうもませているのか。ひとりでも面倒くさい恋人という生物を同時にふたりも飼い慣らしているなんて、器用な小学生だ。

「すごいね、鬱陶《うっとう》しくない？」

「ぜんぜん。ふたりとも一緒に宿題やってくれるし、委員会のお仕事も手伝ってくれるからむしろすごく助かってるよ」

「……！」

おそるべし小学二年生。ふたりも尻に敷いているというのか。そして小二男子たちも、それで納得しているのか。

「へえ、もてもてだねえ」

笑って流しておく。子供の恋愛なんて、ごっこ遊びのようなものだ。果鈴ちゃんは目が大きくて髪もさらさらでかわいいので、男の子たちもかまいたがるのだろう。

「お姉さんは、彼氏とうまくいってないでしょ」

果鈴ちゃんがニヤついた。ごっこ遊びのくせに、大人の事情に口を挟んでくるなんて生意気な。

「お姉さんはね、ひとりでも生きていけるかっこいい大人なのよ」

「彼氏いないってこと？」

そこは子供、直球だ。

「そう。面倒だから持たないの」

「誰からも相手にされないんじゃなくて？」

「面倒だから、私が！　意図的に！　つくらないの」

若干《じゃっかん》語気を強めたが、果鈴ちゃんはとくに怯《ひる》むでもなくふうんと鼻を鳴らした。

「寂しくない？」

「べつに」

このがつがつ掘り下げてくる感じ。なんだか、美香と話しているような気分だ。

「でもさ、本気の話、ほしいなって思うことないの？」

「ないよ」

面倒くさいからいらない。十年前から自分の中で決まっていることだ。

「蛍光灯を交換したいとか部屋の模様替えしたいとか、男手がほしいときはあるけど」

「ふうん。それはきっと恋愛じゃないね」

　このマセガキ。やっと仕事が終わって美香から解放されたのに、なぜこんな子供に延長戦を持ちかけられるのだ。果鈴ちゃんがニヤアと口角を上げて、迷子のくせに偉そうに続けた。

「彼氏いないお姉さんより果鈴の方が恋愛を知り尽くしてるからね。困ったら聞いて」

「なんだと！　私はあなたの三倍以上の歳をとってるのよ。なめた口をきくんじゃないの」

「三倍も余計に歳を食ってるだけで彼氏はできないんだね」

「つくらないの!!」

　なんて生意気なんだ。

「それ言ったら果鈴ちゃんの彼氏くんだって恋愛じゃないよ」

　びしっと釘を刺す。果鈴ちゃんは目から鱗《うろこ》みたいな顔をした。

「彼氏だもん！」

「いや！　ちがうね。お友達だね」

　三倍以上年長として、上から目線になる。

「果鈴ちゃんのこと好きって言ってくれてるけど、ふたりで取りっこするわけじゃなくて、仲良く半分こしてるんでしょ？」

「う、うん。そうだけど……」

「それはほかのお友達とどうちがうの？」

「か、彼氏だもん」

「ちがうちがう」

偉そうに諭してやると、果鈴ちゃんは頑なに大人ぶった。

「果鈴のこと、彼女みたいに大事にして……くれてる、もん」

果鈴ちゃんは足元のアスファルトに視線を落とした。

「……あれ、彼女みたいって、どういうことが彼女みたいなんだろう」

ざり、ざり、と果鈴ちゃんの靴がアスファルトを蹴る。

「そう、そこなのよ」

私は宙を見上げた。

「そもそもその定義がはっきりしないのよ。しょせん恋愛ごっこだってこと。それは大人でも、どこまで遊びかなんて見破れなかったりするし」

カモメの声がする。どうしようもなくネガティブになる。私は考えすぎなのだろうか。

「結婚には法が絡むから定義があるけど、恋愛には明確な定義がない。定義がない以上、本人たちの解釈次第ということになる」

「お姉さんが難しいこと言ってる……やっぱりおばさんっぽい」

果鈴ちゃんがぼそっと呟く。私は聞こえないふりをした。

「けど、言いたいことはわかったよ。やっぱり果鈴、彼氏いないかもしれない」

果鈴ちゃんがまた、こちらを見上げた。

「果鈴ちゃんがそう思うんなら、彼氏じゃないのかもね」

「そうだねえ。果鈴もお姉さんも、彼氏いない者同士だ」

果鈴ちゃんがため息をついた。おい。急に響いたように感傷的にならないでよ。子供相手に酷なことを言っている自分が恥ずかしくなるではないか。

ああなにをやっている私。子供相手に己の胸中に渦巻く恋愛の悩みを吐露してしまうなんて。

けれどなんだか無性に話したくなってしまうのだ。なぜかはわからない。この小さな体に秘めたオーラなのか、彼女の話し方が醸し出す、こちらの声を引き出す力なのか。

「ごめんねムキになって」

ぼそりと謝ると、果鈴ちゃんがにへ、と笑った。

「いいよ！　小学生に恋愛で負けて悔しかったんだよね！」

……やっぱり響いてなかったようだ。

やっぱり生意気だ。やっぱりかわいくない。美香っぽい。私の天敵に指定する。

「けどお姉さん、このままじゃ本格的に売れ残っちゃうよ。この人いいなあって人もいないの？」

果鈴ちゃんがまたも生意気に聞いてきた。一応考えてみる。一瞬妙な猫頭がちらついた。

「この人いいなっていうか……いい人だなっていうのはあるかな」

「おお。どんな人？」

「変な人。他人の悩みごと聞くのが趣味みたいな」

いい人なんだけど、根本的に変なのだ。

静かな海から微かな波の音が聞こえる。遠くでカモメが鳴いている。

果鈴ちゃんは大きな目で私を見上げて首を傾げた。

「変な人なのに興味あるの？　変なの。お姉さんも十分変」

「まあ人間的にね？　尊敬……いや尊敬はしてないけど、ああいう生き方もありかなってていうか。いや、真似したくはないんだけど、たぶんいい人なんだろうなっていうか……」

もにょもにょと語尾を濁す。果鈴ちゃんはじっとこちらを見上げている。

「それで、どうしたいの？」

「どうしたいとかじゃなくて。そばにいると安心する、だけ」

それはきっと私だけじゃなくて、皆そう思う、そういう存在のはずだ。

「ずっとそばにいてほしい？」

「そりゃ、いてくれたら心強いけど。ああいや、そばに置いときたいってことじゃなくて、そういう独占欲は……あるのかな。ないか。その、なんだ」

整理がつかない。なんだ、これ。

「あ、ほら、家に帰ると飼い猫が待ってる安心感みたいな。それだけ」

ニャー助の平たい顔を思い浮かべる。ちょうどいい例えがあった。いや、ちょうどいいのだろうか。なにかちがう気もする。

「ふうん、それだけ？」

果鈴ちゃんの目が私を離さない。吸いこまれるような大きな瞳。

なんなんだろう、この感じ。

「……それだけ」

この、妙に素直な気分にさせる空気。

「それだけ……じゃないかもしれないけど、よくわからないよ」

風の音と波の音、カモメのきゃあきゃあという甲高い鳴き声。胸の奥がざわざわして、きゅっと苦しい。

「お姉さんもわかってないんだ。大人ってややこしいね」

果鈴ちゃんがまた首を傾げた。

人の心に入りこんできて、溜まったものを吐き出させる。この空気、初めてではない。美香に似ているかと思ったが、なにかがまったくちがう。根っこの部分が真逆なのだ。

なんなんだろう。この子のこの感じ、どこかで。

やがて見慣れた赤い屋根が見えてきた。

「あ、ほら！　着いたよ。あの喫茶店だよね？」

果鈴ちゃんと繋いだ手をぶんぶん振ると、彼女はパッと目を輝かせた。

「ほんとだ！　着いたあ！」

私の手を振りほどいて無邪気に走っていく。先程までの生意気なガキンチョから、純粋な子供に戻っている。

「ほらほら、走ると転ぶよ」

「大丈夫だもん。お姉さんも早く！」

果鈴ちゃんがぱたぱた走ってお店の前で手を振る。私も追いついて、自転車を止めた。

まだ心臓が妙な動きをしている。果鈴ちゃんのせいでどうも変にどきどきしている。余計なことを考えてしまった。

曖昧にしておけばよかったものを考えたせいで、ややこしくしてしまった。まずい、今日は寄るのをやめて帰ろうか。そんなことも考えたが、果鈴ちゃんが私の手をもう一度握って、喫茶店の扉を開けてしまった。

「ほらお姉さん、早く早く」

心臓がどくんと波打つ。カラン、聞き慣れたドアベルの音がする。

「いらっしゃいませ」

聞き慣れた声。

しかし。

「あなた……誰ですか？」

目の当たりにした男を見て、私の開口一番はそれであった。

「酷いなあマタタビさん。僕ですよ、片倉です」

男はこちらに顔を向けて名乗ってきたが、私の知っている猫男ではない。白い毛並みに、ぴんと立てた長い耳。顔の横についたブドウ色の目。

そこにいたのは——ウサギ男だったのだ。

「顔が変わるとわかりませんか？」

「いきなりウサギになられると、もう別人にしか見えないですよ」

なんで突然、草食動物に転身したんだ。まったく意味がわからない。

「ふふ、猫が嫌いになったのではありません。今日は姪《めい》が来る予定なんです。その姪が、ウサギが大好きなので……」

それから片倉さんは、あ、と短く声をあげた。

「果鈴」

「久しぶりだね、ゆず兄！」

……え？

「あんまり遅いから心配したよ。マタタビさんに連れてきてもらったの？」

「うん。お姉さんが手ぇ繋いでくれたよ」

果鈴ちゃんがぱたぱた走って、カウンターから出てきた片倉さんに飛びついた。テーブル席にいたサラリーマンが微笑ましそうに笑う。私だけが、ぽかんと口を半開きにしていた。そんな私を見かねて、片倉さんが果鈴ちゃんを両手で抑えながら言った。

「マタタビさん、紹介します。姪の果鈴です」

ああ、どうりで。

「なんか似てるなと思ったんですよ」

話しているときの、あの感覚。

「あのね果鈴ね、隣町からひとりで電車で来たよ」

果鈴ちゃんが無邪気に笑う。妙にませているくせに、こういうところはしっかり子供だ。

「途中で迷っちゃったけど、お姉さんが連れてきてくれたの」

果鈴ちゃんが片倉さんを見上げる。片倉さんは私の方を向いて丁寧にウサギ頭を下げた。

「マタタビさん、ありがとうございます。果鈴がお世話になりました」

彼は果鈴ちゃんをカウンター席に座らせて、自分はカウンターの内側に入った。私も果鈴ちゃんの横の椅子に座ってメニューを取る。

「片倉さん、いつものブレンドお願いします」

「果鈴はあったかいコーヒー牛乳！　ミルクたっぷりね」

果鈴ちゃんが彼女には少しだけ高すぎる椅子から脚をぷらぷらさせてねだる。片倉さんは注文を受けるとさっそく作業に入った。果鈴ちゃんがくるりと私の方を向いた。

「果鈴ね、いつもコーヒー牛乳頼むんだよ」

「へえ。いつもって、よく来るの？」

「お母さんに連れてきてもらって四回くらい。最初の二回は甘栗おじさんがいたの」

「甘栗おじさん？」

その名前を繰り返すと、片倉さんがコーヒーとコーヒー牛乳を並べながらフォローした。

「先代マスターです。僕の師匠みたいなものですね。果鈴によく甘栗をくれていた上に、名前が栗原《くりはら》さんだったのでそう呼んでるみたいです」

「師匠がいたんですか」

初耳だ。どんな人だったのだろう。果鈴ちゃんが片倉さんに無邪気に尋ねる。

「甘栗おじさん、なんでいないの？」

「もうお年寄りになったから、引退したんだよ」

片倉さんは淡々と答えた。果鈴ちゃんが口を尖らせる。

「甘栗おじさんがいたときは、ゆず兄は動物さんの顔なんて被ってなかったよ」

「果鈴。余計なこと言わなくていいから」

どうやら片倉さんがかぶり物を被りはじめたのは、先代が引退して以降のようだ。

「そっか……じゃあ果鈴ちゃんは片倉さんの素顔知ってるんだ」

親戚なのだから当たり前だが、急にその感覚がリアリティを持って好奇心に変わる。片倉さんに聞こえないように、果鈴ちゃんにぽそっと耳打ちした。

「果鈴ちゃん、あれを外してる片倉さんの写真とか、持ってる？」

「持ってないよ」

果鈴ちゃんは普通の声のトーンで答えた。

「なあに？　お姉さんそんなにゆず兄のこと気になるの？」

「気にならないって言ったら嘘になるけど……なんかあれ被ってるのが当たり前になって

きたから、どっちでもいいんだけどね。あれを被ってるから片倉さんもお客さんも話しやすいみたいだし」

すぐ相談事をされる理由のひとつだ。

「話しやすいといえばさ」

ニヤリ。果鈴ちゃんがまた、大人びた笑い方をした。

「彼氏できないお姉さん、ゆず兄はなぜかすぐ恋愛相談されるんだよ。お姉さんも相談してみたら？　もてないって」

「なに言ってるの果鈴ちゃん。何度も言うようだけど、私は意図的にひとりでいるんで干渉しないでくれるかな」

無邪気に子供っぽくなったり、いきなり大人びて見せたり、食えない奴だ。

「だってお姉さん、そのままなんにも行動しないと、『いい人』が誰かにとられちゃうよ」

「果鈴ちゃん、あなた少しは片倉さんの奥ゆかしさを見習ったら？」

「嫌だよ」

ぎりぎりいがみあっていると、なにも聞いていなかった片倉さんが穏やかに割りこんできた。

「そうだ果鈴。今日はどうしたの？　わざわざひとりで来るくらいなんだから、お母さんに聞かれたくない話を僕にしに来たんだよね」

「そうだった！　あのね、ゆず兄」

果鈴ちゃんがカウンターに前のめりになった。この生意気な果鈴ちゃんなら一丁前に恋愛相談でも持ちかけるつもりなのだろう。私はぷいっと顔を背けてコーヒーを口に含んだ。

ところが果鈴ちゃんは、真剣な目でこう切り出した。

「お父さんとお母さん、もうすぐ結婚記念日でしょ」

「そうでしたね」

片倉さんが頷いた。急にお客様と喋る用の丁寧な言葉遣いを果鈴ちゃん相手にしている。

「なにかご用意なさるおつもりですか？」

「うん。えっとね、お父さんとお母さん、びっくりさせたいの」

コーヒー牛乳をひと口含んで、こくんと飲みこむ。

「だから、ふたりが大好きなケーキつくろうと思ってるの！」

そう言った果鈴ちゃんの目からは、今までの生意気な色は消え去って、純粋無垢な少女の瞳になっていた。

「ゆず兄、喫茶店でお仕事してるでしょ？　だからゆず兄だったらケーキのつくり方知ってるかなって思って。お母さんたちに内緒で来たの」

なんだ。こういうところはしっかりしていて、かわいらしい子ではないか。

片倉さんはふふ、とウサギ頭の中から笑みを洩らした。

「わかりました。そういうことなら協力しましょう」

「やったあ！　ゆず兄ありがとう」

なんだ……。かわいいじゃない。

「じゃあお店が終わったら一緒につくりましょうか。帰りは送るので」

「うん！　じゃあそれまでここでお姉さんとお喋りしてるね！」

果鈴ちゃんがぎゅっと、私の腕に抱きついた。

「へ⁉」

「こら果鈴。マタタビさんを困らせちゃだめだよ」

片倉さんが窘《たしな》めるも、果鈴ちゃんは私にしがみついて離れなかった。

「いいよね、お姉さん」

不覚にもまたかわいいと思ってしまった。

「んー？　しょうがないなあ。ガールズトーク以外なら付き合ってあげる」

「えー。じゃあ宿題教えて」

果鈴ちゃんがリュックサックから算数ドリルを引きずり出した。

「よし。小二の算数くらいなら私でも教えられる」

結局その日、私は閉店時間まで果鈴ちゃんと過ごすことになった。

「先日は果鈴がお世話になりました」

後日、いつもの猫頭に戻った片倉さんから果鈴ちゃんの話を聞いた。

「優しいお姉さんがいてよかったって。また遊んでほしいって言ってました」

「私もちっちゃい子と遊ぶの久しぶりだったし、楽しかったな」

算数で悪戦苦闘する姿はなんともいたいけで愛らしかった。

「果鈴がケーキつくりながらずーっとマタタビさんの話をするんです」

片倉さんはコーヒー豆をごりごり挽きながらふふふっと不敵に笑った。

「ものすごく硬派な恋愛マスターだって」

「は⁉」

コーヒーを噴きそうになった。

「なんでも、どうやら片想い中でありながらその感情と半端な気持ちで向きあわず、恋愛のなんたるかを哲学していると……おっと。あまりプライベートなことには突っこまない方がいいですね。失礼」

「あいつ……余計なことを！」

忘れかけていたが、あの子は生意気の塊だ。

「そんなこと考えてないですからね！　私は恋愛なんて興味ないし、ばからしいし片想いなんかしませんから！」

「マタタビさんも果鈴相手には乙女チックな一面を垣間見せることもあるんですねえ。あ、乙女チックって死語ですか？」

見なくてもわかる。猫頭の中でニヤニヤ笑っている。

「ちがうんです片倉さん。果鈴ちゃんはなにか誤解してるんです。私はただ、知的好奇心を操ってくる人物がいると！　そういう話をしただけなんです！」

「いいじゃないですか。たまにはそういう一面をちらつかせても」

「片倉さん！　信じて！」

やっぱり果鈴ちゃんは私の天敵だ。

# Episode 5・猫男、量産する。

「涼しくなってきましたね」

ある土曜日、片倉さんは窓の外で揺れる木の葉を見ながら言った。

「お芋がおいしい季節です」

店の入口にあるパラソルの上に広がる木が紅葉した。はらはら散る赤い葉っぱが美しい。

片倉さんの言葉を受けて、甘い金色を思い浮かべる。

「お芋かあ。スイートポテトが食べたいですね」

「ほう……いいですね」

秋に入って、私はだいぶこの町での生活に慣れてきた気がする。ニャー助も私の部屋に慣れたようで、窓の下の陽当たりがいい場所でゴロゴロするようになった。

休日の今日は、お昼ご飯を兼ねて喫茶店を訪れていた。ふわふわの卵、きらきらのホワイトソース。ソースの海には旬のキノコがたっぷり泳いで、口に入れると同時にふわり、とろりと溶けていく。

「片倉さんのオムライス、絶品ですね」

「お褒めに預かり光栄です」

ここのコーヒーがおいしくて癖になって通っていたが、片倉さんはコーヒーに限らず料理の腕も立つのだ。

「すごいなあ。片倉さん、料理の才能ありすぎ」

スプーンを口に運び続けながらべた褒めする。片倉さんは戸惑いながら謙遜した。

「そんなことないですよ。趣味ですから」

「なんて生産性のあるすばらしい趣味なんでしょう……」

「マタタビさんは、お料理は？」

尋ねられて、ぎくっとした。

「ええと、ぼちぼち」

「そうですか！　得意料理は？」

「えっと……」

思わず目が泳ぐ。

「か……カレー……とか」

レトルトの。

「あと、ラーメンとか……」

インスタントの。肝心な所は心の中で補足する。

「――ごめんなさい、嘘つきました。料理なんてぜんぜんしません」

素直に謝ると、片倉さんは着ぐるみの中では、と笑った。

「うん、マタタビさんらしい」

どういう意味だろうか。

穏やかな時間だ。私と片倉さん以外には、黙ってコーヒーを啜るサラリーマンの客がひとりだけ。静かで落ち着いて、時間の流れなど忘れてしまいそうだ。

「最近お仕事はどうですか？」

片倉さんが急に現実に引き戻してきた。面倒くさい奴がひとり、脳裏に浮かんできた。

「『ねえ夏梅！　恋してる⁉』だって」

最後のひと口のオムライスを口に運び、ふうとため息をつく。

「同期の美香って人。もう恋愛トークが大っ好きで。いい奴なんだけど、うざい！」

「ほう、ミケさん？」

片倉さんが食後のカフェモカを提供しながら聞きまちがえた。

昨日は昼休みも帰りのエレベーターでも美香に絡まれ散々だった。最初の頃興味を持っていた異動の理由はなんとなく察したらしく聞いてこなくなったが、今度は私が帰りに寄り道をしていると気がつきはじめたらしい。帰りに喫茶店に寄っているだけだというのに、スクープかと思って嗅ぎ回っているようだ。

「恋してる⁉　じゃないわ。してもお前には話さんわ！って言いたくなる」

なんだろうか、美香のがつがつ来る喋り方は、どうもこちら側の喋る気を削ぐ。それに引き換え、片倉さんときたら。

「愚痴を零してすみません……」

謝りたくなるほどおとなしく私の話を聞いている。

「お気になさらないでください。僕は聞くのが好きな人間なので」

穏やかに言って、それから少し猫頭を傾げる。

「で、恋はしてらっしゃるんですか？」

「してないと、思います」

ぼそりとすぐに答える。

「自分で認識している範囲内では、そのような感情はありません」

「マタタビさんは珍しい角度から物事を見てらっしゃいますねえ」

片倉さんがくすくす笑った。

「もっとシンプルに、好きなら好きでいいんじゃないですか？　僕は猫が好きで仕方ありませんよ」

「それは恋愛じゃないでしょ。猫になら裏切られてもちょっとガッカリするだけだし」

今朝、ニャー助の機嫌が悪くてシャーッと牙を剝いて威嚇されたのには少し凹んだ。が、抉《えぐ》れるほど傷ついてはいない。

「裏切り……ですか」

片倉さんがぽつりと繰り返した。

ニャー助の顔を思い出した私は、同時に報告事項を思い出した。

「そうだ。明日、ニャー助の予防接種に行ってきます。その帰りにここに寄ります。ニャー助、連れてきますよ」

片倉さんはかぶり物の目を輝かせた。

「ニャー助！　触ってもいいですか？」

「あなたが触って大丈夫ならどうぞ」

猫アレルギーのはずだ。彼は数秒悩んでから頷いた。

「大丈夫です、ニャー助のためなら」

「閉店時間が近い方がいいですよね。すぐ毛を落とせるし衛生的にもその方がいいでしょ」

「助かります」

一見かぶり物がマスク代わりになってアレルギー物質を防ぎそうなのだが、じつはこのマスクが却って命取りになる。猫の毛がかぶり物に絡んで洗い落とすまで付きまとわれるのだと以前教えてもらった。

「そのかぶり物、水洗いできるんですか？」

「洗濯機で丸洗いできます。部屋干しで一晩で乾くし、優秀です」

想像してみたが、できなかった。

片倉さんは小さく息をついて、真面目な声で言った。

「ただ汚れや猫毛がくっつきやすいのが難点です。なにより自分のアレルギー体質が憎い」

ふと気になって、私は彼に尋ねてみた。

「片倉さんって猫アレルギー以外に悩みありますか？」

「ん？」

「ほら、いつもお客さんの愚痴とか悩み事ばっかり聞いて、ストレス溜まりませんか？」

「それはストレスにはなりませんよ。好きでやってることですし」

神様だってそんなに心は広くない。

「最大の悩みが猫アレルギーですね」

片倉さんの声色は大真面目だった。


翌日、私はニャー助をキャリーに入れて片倉さんの喫茶店へ行った。

「こんばんは。ほら片倉さん、ニャー助です。ちょっと気が立ってますけど」

閉店間際の空が薄暗い時間帯。私は入口の扉を半開きにして中を覗きこみ、外から声をかけた。お客さんはいなかったらしく、片倉さんはぱたぱた早足でこちらに向かってきた。

「ニャー助！　久しぶりだね」

片倉さんが外に出てくる。パラソルの下にニャー助のキャリーを置いて、鑑賞会を始めた。いい大人がふたりで地べたに座りこむという奇妙な光景が生まれる。キャリーの中のニャー助がにゃあと鳴いた。片倉さんを覚えていたのか、彼の方に向かって鳴いている。

「かわいい。猫はかわいいなあ」

片倉さんはキャリーの網に張りついてニャー助を眺めている。かぶり物が邪魔そうだ。

「触ります？」

「触ります」

片倉さんの即答を受け、キャリーの扉を開けた。ニャー助は喉をゴロゴロ鳴らして片倉さんに擦り寄った。再会を喜びあっているように見えなくもない。

「よしよし。注射我慢して偉かったな、ニャー助」

ニャー助の縞模様の額をぐりぐり撫でる。ニャー助も気持ちよさそうに目を閉じていた。

「あれ……さっきまで注射のせいで機嫌悪かったのに」

機嫌が直った気がする。同じ模様の猫頭をした片倉さんへの仲間意識だろうか。

「片倉さーん。ニャー助を思いっきり触りたかったらかぶり物取った方がいいですよ？ほら営業時間も過ぎることだし、外しちゃえばいいじゃないですか」

好奇心から促してみた。

「嫌です」

きっぱり返答される。しつこく言っても無駄なので、諦めて膝に頬杖をついた。

「まあいいですけど」

「ニャー助はかわいいなあ、幸せで死にそうだ。ゲホゲホ」

アレルギー反応でむせながらも、片倉さんはニャー助に夢中で私にほとんどかまってくれない。

「こんなにかわいい生き物がいるんだから、地球は大切にしないといけませんね」

「猫のかわいさがエコに直結する人は初めて見ましたけど……それもそうですね」

なるほど、片倉さんは猫がかわいいだけで地球を守る気になるらしい。

「かわいいは正義とはよく言ったものね」

片倉さんの手にすりすり甘えるニャー助は、たしかにかわいいの一言に尽きる。

かわいいは正義だ。かわいいが世界を救う。かわいいは得だ。

そこへ。

「……かわいい」

その声は、店の敷地外から聞こえた。声の方を見て、私は思わず言葉を失った。

視界に飛びこんできたのは黒いセーラー服におかっぱの女の子だった。その顔面はにきびで腫《は》れて分厚い眼鏡で輪郭が歪《ゆが》み、おまけに涙でぐちゃぐちゃだ。やや小太りの体を包むセーラー服に見覚えがある。日曜日の部活帰りふうな、この辺りの中学生だ。

「猫ちゃん、かわいい」

女の子がガスガスに枯れた涙声で言った。あまりに酷い泣き顔に、私はぽかんとアホ面を晒《さら》した。

「おやおや。どうしましたか」

片倉さんは落ち着いて尋ねた。私も尋ねずにいられなかった。

「どうしたの。大変な顔して」

「生まれつきです！」

中学生が怒鳴った。怒ると迫力満点だ。

中学生はどたどたと歩いてきて、地面から見上げているニャー助を一睨みする。

「うわあああん！」

そして、ニャー助を前に、いきなりうずくまって大声で泣きはじめた。

何事だ。驚きのあまり声を出すことすら忘れて中学生を眺めてしまう。片倉さんが落ち着いた所作でとんとんと少女の背中を叩いた。

「おやおや……まあ落ち着いて」

中学生はすんすん鼻を鳴らしながらニャー助に手を伸ばした。ニャー助は大きな声に驚いていたが、大物な彼は逃げたりせず中学生の手の匂いを嗅《か》いでいた。

「いいなあ、猫は。かわいくて」

ぼそり、おちょぼ口の唇が呟く。

「かわいいって、それだけで得だよね。私なんか一生負け組なのに」

「そんなこと言っちゃ……」

慌ててフォローしようとしたが、中学生はキッとこちらを睨んできた。

「お姉さんは美人だからわからないよ」

中学生は今度は片倉さんの方へ振り向いた。

「お兄さんだって、それ被ってればかわいいもんね」

「そうですか？」

片倉さんが首を傾げる。猫顔はかわいいけれど､胴体とのバランスはかわいくはない……

と、私は思った。

「私だって、もっとかわいければ。もっとかわいければ、見えてる世界なんてぜんぜんちがったはずなのに！」

わあっと中学生が大声で喚いた。ニャー助が目をまん丸くして驚く。

「お嬢さん、なにかお辛いことがあったようですね」

片倉さんは中学生の腫れぼったい目を覗きこんだ。

「よかったら、お店でなにかお茶でもお出ししましょうか？」


「大丈夫？」

尋ねてみる。女子中学生はグラスに口をつけたまま俯いていた。

ニャー助をキャリーに入れ直して喫茶店の店内に入り、中学生に冷たい紅茶を出したのが数分前。中学生はようやく泣きやんだ。

「落ち着いた？」

もう一度声をかけると、今度は僅かに頷いた。

「あのね」

小さな唇をグラスから離す。

「失恋、した」

泣き崩れてある種の魔物のようになった少女から出るには、あまりにも乙女な単語だった。失礼だけれど。

「ほう。それはそれは、お辛かったことでしょう」

片倉さんが言うと、彼女はこくんと頷いた。

「小学生のときからずっと好きだった人。同じ高校を目指したくて、勉強頑張ってたのに」

そんなくだらない理由でよく受験校を決められたものだ。つい、私は内心で冷めたコメントをする。

「偏差値からして絶対無理って言われたけど、頑張って勉強してたの。親も先生も反対したけど、絶対行くって言い張って、塾にも通って家でもいっぱい勉強して、追いつこうって努力して……」

中学生はまた、眼鏡の奥の小さな目からぼろぼろと涙を零した。

「それなのにフラれるなんて！　報われないよ」

中学生はまたがらがらに掠れた声で喚いた。それから彼女は、紅茶の水面に揺らぐ自身の顔を睨みつけた。

「それもこれも、全部このブス顔のせいだ。私がこんなに不細工じゃなかったら、もっとうまくいってたかもしれないのに」

「でもほら、世の中、外見がすべてじゃないんだし」

私がそろりと口を挟むと、じろっと横目で睨まれた。

「そんなことない！　お姉さんだって、猫ちゃんがかわいいから、かわいがってるんでしょ?」

「や、たしかにニャー助はかわいいんだけど!」

「僕、ブサ猫好きですよ? 味があっていいじゃないですか。くしゅん」

やっと口を開いたと思ったら、片倉さんがピント外れなことを言った。アレルギーでくしゃみが出るらしく、かぶり物の中にティッシュを吸いこませた。

「私も猫ならよかったのに。私を好きになる人なんていないんだから」

中学生はまた声をしぼませた。ネガティブだ。自分に自信がないからこうなる。気持ちが暗くなるから、余計に人を寄せつけない。悪循環だ。

「きれいになりたい」

ぽそりと、嗄《しゃが》れた声が呟いた。私は隣でぽんぽんと彼女の背中を叩いた。

「その気持ちがあるなら大丈夫、向上心さえあれば! まだ若いんだから努力次第でどんどんかわいくなるって。その男の子のこと、見返してやりなよ」

「だからあ。美人のお姉さんには私の苦労なんてわからないよ」

また一蹴された。

「お姉さんはきれいだからいいよ。恋人なんて好きなとき好きなだけつくれるんでしょ」

中学生がじろっと睨んできた。それは買い被りすぎだ。

「そんなわけないじゃない、つくらないし、いらないし。なんであなたがそんなに恋愛にこだわってるのかわかんないほどつくってないよ」

「なんで⁉　美人のくせに。持って生まれたものがあるのに、なんで彼氏つくんないの」

中学生は真顔でこちらを眺めていた。あまりにも真剣な眼差しだった。

やっぱり中学生の思考だなあ、と私はため息をついた。そういうのって、外見云々じゃないんだけど。この子はまだそれがわからない年頃なのだろう。

「いいじゃない。ほっといてよ」

冷たく言い放つ。しかし中学生は涙で汚れた眼鏡から黒い瞳を向けてくる。

「だめ、納得いく説明をして」

振り切れなさそうだ。私は彼女を一瞥して、仕方なく切り出した。

「私のね、高校生の頃、付き合ってた人が原因なの」

ふう、とため息が出た。顔を思い出すだけで気持ちが暗くなる。

「クラスのノリとかその場の勢いで付き合いはじめてさ。私もその人の明るい性格が面白くて好きだったし、一緒にいて楽しければそれでいいと思ってた」

若かったなあ。だからこそ、傷が深い。

「でも私、部活とかバイトとかで彼となかなか遊べなくて」

思い出すのはその頃の彼の後ろ姿。今日は無理、ごめんねと言うたびに、ああそう、と踵《きびす》を返した、彼の背中。

「気がついたら彼、私の友達と付き合いはじめてたんだよね」

「うわ」

声はカウンターの向こうから聞こえた。見上げると、片倉さんが咳払いした。

「失礼しました」

友達と、というのが、当時の若かった私にとってはあまりにも残酷だった。信頼していた恋人と友人、その両方を同時に失ったのだから。

もう一度、中学生の少女を横目で見た。

「だからね。もうやめたの。人を好きになるの」

恋愛は面倒くさい。気を遣うし頭を使うし、傷つく。そして、傷つける。

「浅はかに人を好きになると、後悔するんだよ。好きだったはずの人を嫌いになってしまう。だったら、余計なことを考えなくていい心地よい距離でいた方がいいって、私は結論づけた」

傷つけあわずに温めあえる、そんな都合のいい距離がちょうどいい。

「あなたはその、追いかけ続けた彼に傷つけられたのよね。自分に自信をなくして、悔しくて泣いて、それでもまだ、その人のこと好き？」

中学生は黙り込んだ。じっと紅茶のグラスを見つめて考えこんでいる。

「そうだったんですか……」

声を発したのは片倉さんの方だった。

「大好きだったから、失ったとき、裏切られたときとっても辛い。だからはじめから好きにならなければいい……さすがマタタビさん、すばらしい発想です」

「でしょ。天才よね、私」

自嘲気味に言うと、片倉さんは頷いた。

「天才です。しかしこの理論には重大な落とし穴があります」

「うん？」

「傷ついても悲しくてもそれでも諦められないくらい、好きになってしまった場合。人間は、そんなとき、理想的なほどよい距離を測りあやまります」

彼はちら、と中学生の方を見た。

「たとえばこちらのお嬢さんのように」

中学生がきょとんと片倉さんを見上げる。

「未練があるから、だからきれいになりたいとおっしゃるのでしょう」

片倉さんの問いに、中学生は少し考えて、やがてゆっくりと頷いた。

「そう、だと思う。でも、こんな私じゃ、相手にされないから」

くしゃくしゃの顔を手で覆う。前髪が乱れて指に絡んでいる。

「一回フラれてるんだもん。もうどうしようもない」

「たった一回でしょう？」

片倉さんはやんわりした口調で、それでいてぴしゃりと言った。

「少々お待ちを」

彼はカウンターの隅っこに向かった。後ろ姿がごそごそ、なにかを持ち出している。

「これなんですが」

戻ってきた彼は、こと、と中学生の前に皿を置いた。その上には、こんがり黄色いスイートポテトが乗っている。

「これは六十八回目のスイートポテトです」

私も中学生も、目をぱちぱちさせた。片倉さんは丁寧に続けた。

「新商品として昨日から今日にかけてつくったんです。なかなか納得のいくスイートポテトがつくれなくて、六十八回焼いて、ようやく成功したんです。よかったらご試食していただけますか」

六十八回。なんというしつこさだ。片倉さんも自覚しているらしく、かぶり物の中で苦笑いした。

「引き際を知る者ならもう少し早い段階で諦めるところですが、なにせ僕は執念深い性格のようでして。気がついたら途方もない数を生産していました」

皿の上のスイートポテトが甘い香りを漂わせている。中学生はその黄色をあどけない瞳に映していた。

「そんなにたくさん、どうするの？」

彼女がぽつりと尋ねると、片倉さんはスイートポテトを見下ろしながらこたえた。

「昨日はたまたま姪が遊びに来ていたので消費を手伝ってもらいました。姪はおいしいと言って食べてくれましたが、やはり僕はこの六十八回目に辿り着くまで納得できなかった」

「そういえば片倉さんって、猫アレルギーなのに懲りずに猫触るし、目的のためなら妥協がないですよね」

足元のキャリーを一瞥する。ニャー助はおとなしく眠っているようだ。片倉さんがそうですねと笑う。

「いやはや、諦めが悪いのも考えものです」

それからちらりと中学生に視線を投げた。

「最初の一回目で失敗したときは落ちこみました。でも同時に、何千回でも何万回でも焼こうと覚悟しました。潔く一度で諦めるか、しつこく求め続けるか。それは個々の執念次第じゃないでしょうか」

「私の執念……」

中学生がスイートポテトを見つめる。やがて彼女は、ゆっくりとそれを手に取った。ひと口かじって、ほろりと口の中に転がしながら呟く。

「おいしい」

「よかった。しつこくつくった甲斐があります」

片倉さんは満足げだ。中学生はスイートポテトのかじり跡を眺めた。

「私もしつこくアピールしてみようかな……」

そしてもうひと口、スイートポテトをかじる。

「私はブスだけど、もしかしたら、万が一ってこともあるかもしれない」

「前向きね。そういう子、好きだよ」

　私が微笑みかけると、中学生は腫れぼったい顔をくしゃっと歪めて笑った。


「ローズヒップティーとかさ」

　中学生がお辞儀をして出ていったあとの店内で、私は言った。

「そういう美容によさそうなお茶が出てくるのかと思いました。体の内側からきれいになります、っていう感じの」

「彼女の問題は外身じゃなさそうですから」

　片倉さんは軽やかに笑った。

　あの中学生はまだまだ諦めないそうだ。何度でも傷つく覚悟で、せめて気持ちを全力で伝えられるように、また彼の所に行ってくると言い残して店を出ていった。

　彼女はお世辞にも美人ではなかったが、笑顔はそんなに悪くなかった。

「傷ついてもいいという覚悟はなかなかいかしてますね。お若いのに立派でいらっしゃる。でもマタタビさんの言うとおり、なるべく傷つきたくないというのもわかります」

　片倉さんはそう言ったが、今回、私は持論を引っくり返されたような気分だった。あの中学生の、相手の少年を想う気持ちの強さをわかっていなかった。それほどまでの強い恋心なんて、想像できないし理解もできない。自分の無知を思い知る。

「マタタビさんは」

片倉さんが少し、声を低くした。

「その後、傷は癒《い》えましたか」

「癒えてるかもしれないけど」

傷を増やしたくない。

「恋愛は面倒くさいので、やっぱり嫌いです。私はさっきの彼女のように情熱的になれそうな性格じゃないので」

「ふふ。そうですねえ。マタタビさんはそうかもしれませんね」

片倉さんはもう、それ以上のことは突っこんでこなかった。

「私も聞いてもいいですか？」

片倉さんを見上げる。彼がどうぞ、と頷く。

「どうしてそんなに優しくいられるんですか」

直球で聞いたら、彼は少し固まった。私はやや嚙み砕いて、もう一度聞いてみる。

「好きでやってるからストレスにならないなんて言ってましたけど、やっぱりストレスが溜まりそうです。目の前で泣かれて逆ギレされて、それでもお客さんの気持ちを汲んで真剣に考えて」

この人に、相応の見返りがきている気がしない。

「大好きな猫も触るとアレルギーが出て」

自分へのご褒美も満足に味わえず。

「それでどうして、こんな疲れそうなことを続けられるんですか。どうやってそんなに、優しいあなたでいられるんですか」

片倉さんは猫頭を傾げた。

「そんなにいい人じゃありませんよ？　僕は猫被ってますから」

猫頭を指さす。うまいことを言ったつもりだろうか。

「僕は僕の目的のために、趣味でやっているだけです。いたって単純な理由ですよ」

カラになったスイートポテトの皿を一瞥する。

「お客様が皆、笑顔になったときのことを考えてるだけです」

なんだ。やっぱり、いい人じゃないか。

「清らかすぎて胸焼けがします。このお人好し」

間抜け面の猫頭を睨みつける。片倉さんはかぶり物の中でへらへら照れ笑いをして、空いている皿を回収した。私はその皿を目で追った。

「それにしても、六十八回もスイートポテトばかり焼くなんて、なかなかしつこいですね。諦めて新商品は他のメニューにすればいいのに」

片付けられた皿が、かちゃんと鳴った。

「どうしてそこまでスイートポテトにこだわったんですか？」

聞くと、片倉さんは一瞬硬直してから、じとっとこちらを向いた。

「マタタビさんが食べたいって言ったんじゃないですか……」

「え!?」

そういえば言ったかも。

「もしかしてそのために、満足いくまで、六十八回も、果鈴ちゃんにまで手伝わせて」

片倉さんは健気だ。少しガッカリしたふうに顔を伏せた片倉さんに、申し訳ない気持ちになる。が、それ以上に、その健気さに胸がほっこりした。

「片倉さん。その試作品のスイートポテト、まだありますか?」

聞くと、片倉さんは小さく頷いた。

「ありますよ。なにせ大量生産してますから」

彼は小皿にスイートポテトを乗せて、私の前に差し出した。優しい黄色に茶色い焦げ目がほどよくついて、かわいらしい。

「やったあ。いただきます!」

さっそく口に運ぶと、ふわっと柔らかくて舌の上でほくほくと崩れ、その甘さにうっとりした。素材の甘味が最大限に引き出されている。

「お芋がおいしい季節ですね」

表せる言葉が出てこなくて、思わず片倉さんの言葉をそのまま借りた。

店内にほんのり漂うスイートポテトの香りに、キャリーの中のニャー助が起きて、鼻をふんふん動かしていた。

# Episode 6・猫男、死にかける。

「いったいどうしたというんですか！」

とある水曜日の夕方のことだ。会社から帰宅途中、私は喫茶店の入口の木の下で、うつ伏せに倒れる片倉さんを発見した。

店のエプロンをかけたままのスタイルでぺったり地面に突っ伏して、靴が片方脱げている。しかしかぶり物は脱げていない。足元には脚立が倒れ、彼がそこから落下したことを物語っていた。

「こんな寒いところで寝たら風邪引きますよ」

「その声はマタタビさんですか」

突っ伏したまま片倉さんが声を向けてきた。

「すみません、手を貸してください……」

「大丈夫ですか？　なんでこんなことに」

倒れる片倉さんに手を差し出すと、ぎゅ、と握ってゆらりと猫頭を起こした。猫頭からぱらぱらと砂が零れる。

「猫が小鳥の巣にいたずらしようとしてたので咎《とが》めていたら、脚立から落ちてしまいました。大丈夫です。猫も鳥の巣も無事です」

片倉さんはじりじり身じろぎしている。ときどき、握った手にぎゅ、と力が入る。片倉さんの手はひんやり冷たかった。指が長くて、爪の形がきれい。冷たいなりにほんのり感じる体温にちょっとどきどきしてしまう。

「片倉さんは？　怪我はありませんか？　頭とか打ってません？」

「このマスクがヘルメット代わりになって衝撃を吸収してくれました。ただ……」

猫頭からため息が洩れた。

「腰をやってしまったようで……この有様です」

「起き上がれないんですか!?　救急車呼びましょうか」

腕立て伏せの姿勢のまま固まっている彼に言うと、片倉さんはぷるぷると首を振った。

「いえ、大丈夫……」

「大丈夫じゃないでしょ」

握られていない左手で鞄の中から携帯を探る。片倉さんは必死に首を振った。

「本当に大丈夫です、それはやめて」

彼の身になって考えてみる。たしかに、鳥の巣を守ろうとして猫と格闘して脚立から落ちた猫のかぶり物を被った男が搬送されたとなると、笑い話でしかない。恥ずかしがり屋を自称する片倉さんにとって耐え難い事態だ。

「わかりました。じゃ、どこか休めるとこまで行きましょう」

握られていた手を払って、彼の脇の下に腕を滑りこませた。引きずりながらよいしょ、と抱き上げる。彼の頭が自然と肩に乗る姿勢になった。

「あ」

　頬にふわっと触れる、猫のかぶり物。ぎゃー！　ふわふわー！と危うく叫ぶところだった。このまま抱きしめていたい絶品の感触である。

「ちょ……マタタビさん、だめですよ。女性に寄りかかるなどそんな」

　肩で弱音を吐いている片倉さんに、ハッと我に返る。

「なめないでください。会社じゃコピー用紙の束を運んでるんですから。じゃ、私を柱に立ってみてください」

「かたじけない。では、失礼します」

　片倉さんがよろりと体を起こした。両手がひしっと私の腰にしがみつく。擽ったくて、温かい。なんとか立ち上がることに成功したが、相変わらず私に体重を傾けて顔を私の肩にうずめている。頬にふわふわの毛が触れる。片倉さんが必死だというのに、不謹慎にもふわふわの猫頭を存分に堪能してしまう。

「どこか横になれる場所はありますか？」

　聞いてみると、肩の上でもそもそと返事が返ってきた。

「店の奥に事務室があります。ソファがあるので、そこまで……」

　それから片倉さんの手が、パッと私から離れた。

「自力で行きます」

「無理でしょ」

ぴしゃんと言い切ってやった。

「こういうときくらい甘えてください。ほら行きますよ。歩けますか」

くるりと姿勢を変えて、片倉さんの腕を私の肩に回した。ふわふわ頭が離れてしまったのが少し名残惜しい。

「自力で行きます」

「言うこと聞いてください。腰蹴りますよ」

無理矢理丸めこんで片倉さんをよろよろ歩かせる。身長差のお陰で、片倉さんの腰がほどよく丸まって楽な姿勢を保てているようだ。店の扉を開けるついでに扉に掛かっていた『ＯＰＥＮ』の札をひっくり返して『ＣＬＯＳＥ』にしておいた。


「あそこが事務室です」

店内に入ると、片倉さんが隅にあった扉を指さした。

壁の淡い茶色に同化する色の扉だ。片倉さんを引きずるように歩かせて、その扉に向かった。おそらく、本来はスタッフしか入れないであろう部屋だ。そんな場所に一般客の私が入っていいのか、なんだかどきどきする。扉を開けて、そろりと中を覗きこんだ。

事務室はきれいに片付いていた。部屋の真ん中にローテーブルがひとつ設置され、壁際の小さな棚に帳簿やレシピ本が詰められている。同じく壁に沿って、ふたり掛けくらいの大きさの白いソファが置かれていた。

「すみませんでした、マタタビさん。これでもう安心です」

片倉さんがなにか言っているが、私はその姿勢のまま彼を歩かせてソファに座らせた。

片倉さんはこてんと倒れて、ソファに寝転がった。

「ご親切に」

「いつもお世話になってますから。このくらいお安いご用です」

猫頭、触れたし。内心ニコニコしてしまう。

「こんな情けない姿をお見せしてすみません」

片倉さんはソファの上でぺこりと頭を動かした。

「いいんですよ。ふわふわのかぶり物をぎゅっとしたり頬ずりできたりで幸……」

声に出して言ってから、気がついた。そうだ私、さっき片倉さんに容赦なくしがみついた。テーマパークのマスコット感覚で抱きしめてしまったが、片倉さんなのだった。急に気恥ずかしさが込み上げてきたが、ぶんぶん首を振って振り払う。だからなんだ、片倉さんじゃないか。

「あとはここで安静にして自然によくなるのを待ちます」

「猫じゃないんだから。ちゃんと診察を受けてください。動けるようになってからでいいので。私、なにかお力になれることありますか？」

「お気遣いなく。マタタビさんだってお帰りになる途中だったんでしょう？」

彼はどうも、甘え方を知らないらしい。

「片倉さんはね。日頃から人を甘やかしすぎなんです」

私はソファの肘掛に腰掛けた。

「だからきっと、今日は逆に誰かに甘えろってことなんですよ。神様がいるとしたら、たぶんそう言ってるんです」

「そうでしょうか」

「私、このくらいのことしか役に立てないけど。雑用とかがあったら、なんなりと」

裏を返せば片倉さんを甘やかせられるのはこういうときだけだろう。偶然居あわせただけなのにその特権を手に入れた私は、なんとなく優越感すら感じていた。

「では、お言葉に甘えて……。店のキッチンの火が消えてるか見ていただいてもよろしいですか。消したはずですが、心配なので念のため。あとコーヒーメーカーの電源を落としていただけると非常に助かります」

お気遣いなくと言ったわりに、本当は心配事が多いようだ。

「わかりました、見てきましょう」

部屋を出てカウンター周辺や厨房を確認する。火はついていない。コーヒーメーカーの電源はワンタッチで落とせた。

すぐに片倉さんのもとに戻ると、片倉さんは無表情のかぶり物をこちらに向けておとなしく横になっていた。かぶり物に砂がくっついたままになっている。顔面をぺしぺし軽くはたいてやって、砂を落とす。

「飲み物いります？」

「じゃあ……わがまま言ってもいいですか？」

砂が取れてきれいになった猫頭が、じっとこちらを見つめてくる。

「コーヒー、飲みたいです」

これは由々しき事態だ。懐かなかった猫が急に甘えてきたような錯覚。中身は自分より身長のある人間の男性だというのに、一瞬でもかわいいと思ってしまった自分が憎い。

「お任せください！　ああ、でも片倉さんがつくるクオリティでは無理です」

「戸棚にインスタントのがあります。それをそこの給水機のお湯で溶いていただければ」

片倉さんがよろりと指さした先に戸棚がある。粉末状のインスタントコーヒーと猫のイラストがプリントされたマグが並んでいる。

「喫茶店のマスターにコーヒー出すなんてハードル高いなあ」

なんだか緊張する。片倉さんの私物らしい私物は初めて見た気がする。

「ふふ。じつは夢だったんです」

片倉さんが小声で言った。

「ＯＬさんの淹れるコーヒー飲むの。なんか、会社員って感じしますよね」

どうやら彼は会社員を経験したことがないらしい。夢だっただなんて大袈裟な表現をされると余計に緊張してしまう。

「そんなたいしたもんじゃないですよ、期待しないでください」

マグにインスタントコーヒーをパラパラと入れて、給水機からお湯を入れる。サーバーの水がゴポゴポ、会社でさんざん聞き慣れている音を立てた。

「お砂糖とミルクはいりますか？」

「大丈夫です。そうだ、戸棚にまだカップがありますから、マタタビさんもよかったらどうぞ。セルフサービスになってしまって申し訳ありません」

片倉さんの示すとおり、戸棚には来客用らしききれいなコーヒーカップが並んでいた。遠慮深い片倉さんが気にしても可哀想なので、私もコーヒーをいただくことにする。

カップからほわほわと湯気があがる。香ばしくて豊かな香りがふわっと頰を包んだ。それらをローテーブルに並べる。

「ありがとうございます」

片倉さんが手を伸ばした。マグを手にとって、横になった姿勢のまま顔に近づける。私もカップを持ちながらソファの肘掛に座り、じっとその姿を観察していた。片倉さんのマグが、かぶり物の口元に近づく。モコモコした猫の口の中にカップが吸いこまれる。

「ふう。おいしい」

「……そこから飲めるんですね……」

てっきり、外さないと飲食できないのかと思っていた。

片倉さんがまたひと口、マグを傾けた。

「おいしいです、ＯＬさんコーヒー。マタタビさんの上司さんが羨ましい」

「インスタントコーヒーの製造会社の実力ですよ、私はお湯入れただけなんですから」

「お湯の加減が絶妙でいらっしゃる」

「そんなに褒めたってなんにも出ないですよ」

片倉さんの褒め殺しが始まりかけたので、じろっと睨んでやった。片倉さんがおとなしくなる。私はふう、とコーヒーに息をかけた。

「でも、私も上司が片倉さんだったらなって、ちょっと思いました」

片倉さんが両手でマグを持ったまま、もそりと首を傾げた。私はひと口コーヒーを啜った。

「もし、私が仕事辞めてここで働きたいって言ったら、雇ってくれますか？」

「いいんですか？　その時点であなたはお客様じゃなくなってここが職場になってしまう。僕は部下には厳しいかもしれないですよ」

片倉さんが聞き返してきたので考えてみた。わからなかった。

「想像できませんね、私に厳しくあたる片倉さん。インスタントコーヒーで褒めちぎるような人が」

きっと私の知らない面も、たくさんあるのだろうけれど。

「片倉さんだったら、そういうとこも見てみたい気もしますね」

「……まかないは猫まんまですよ」

片倉さんはくすくすと笑った。

「えー。毎日鰹節《かつおぶし》味ですか」

「ええ、覚悟してください」

うまく想像できないけれど、そんな毎日も案外いいかもしれない。

「そんなことおっしゃるなんて、お仕事、大変なことでもありましたか」

心配そうな声が尋ねてくる。

「そういうわけじゃないんだけど」

はは、と笑うと、コーヒーの水面が僅かに揺れた。

「ときどき、なんでこんなことしてるんだろうって思うことがあるんです。自分はここで必要とされてるのかなあって。私じゃなくても、代わりはいくらでもいるんじゃないかなって」

むしろ自分よりずっと優秀な人材が、私のポジションに入ったら、などと余計なことを考えてしまう。

「本気で辞めることを考えてるわけじゃないんだけど、もしかしたらいつか、そうする日が来るかもしれません」

ふと本棚の中の空いているスペースに、写真立てを見つけた。写真の中には見慣れた喫茶店のカウンターに入ってコーヒーを淹れる男性が写っている。かぶり物は、被っていない。

「ちょっと片倉さん……気を抜きましたね。迂闊《うかつ》じゃないですか」

立ち上がって写真立てに近づく。近くで見てみると、コーヒーを淹れていたのは白髪混じりの初老の男だった。

「あれ？　片倉さんっておいくつなんですか」

写真の男は意外と老けている。片倉さんは僅かに上体を起こした。

「ああ、それは先代です……痛っ」

「起きなくていいですから！　なんだ、先代か」

白いワイシャツに古臭いデザインのベスト、ネクタイはつけていない。

「栗原さん、でしたっけ。どんな方なんですか？」

「ちょっと頑固で古風で、愛情深い方です。無口で冷ややかな印象なんですが、果鈴が来ると無言で甘栗を振る舞っていたし、子供が好きなのかもしれませんね」

つまり頑固で古臭くて怖い印象、子供以外には優しくないとみた。写真の中の栗原さんは、気難しそうに眉間に皺《しわ》を寄せている。できるだけ上司や先輩にしたくない。彼の下で働いていたとなると、片倉さんはきっと。

「怖かったんですか？」

ストレートに聞いてみた。片倉さんは咳払いしてコーヒーを啜った。

「そんなことは。怖くなんか」

「誰に気を遣ってるんですか？　怖かったんですか？」

「……ちょっと」

ばつが悪そうに呟く。人間くさい面を見られた気がして、内心ニヤリとした。

「辞めたくなったことは、なかったんですか」

「ありました。毎日のように」

片倉さんがもぞもぞと顔の向きを変えた。私の方から目を逸らして、ローテーブルを見つめている。

「まさかこんな歳までここにいるとは思ってもみませんでした」

「どうして辞めなかったんですか」

「知人の紹介でやらせてもらってましたので……その手前、怒られて怖くて辞めたなんて情けないことは意地でもできませんでした」

この人はときどき、負けず嫌いだ。

「それに、働かせてもらってる、っていう意識があったので」

そしてとても、謙虚だ。

「今は僕を叱ってくれる人はいませんが、やっぱりときどき、お店に立つのが億劫なときもあります」

少し驚いた。表情がない、というのはかぶり物のせいだが、それにしてもテンションが変わらない片倉さんにもそんな気分のときがあったとは。

「そんな朝はお客様の顔を思い浮かべます」

片倉さんがふわふわのソファに埋まりながら、ぽつぽつ話す。

「今日は誰が来てくれるかなとか、どんなことが起こるかなとか……」

ちら、と首が傾いた。テーブルからこちらに、彼の視線が動く。

「マタタビさんは、来てくれるかな、とか」

かぶり物と目が合って、慌てて目を伏せた。そんなことを言われると、反応に困る。

片倉さんがくすくす笑った。

「喋りすぎました。マタタビさんがいるとどうもお喋りが過ぎてしまいます。でも、それが楽しみだから仕事が楽しいんです」

「……それは、なによりです」

私はコーヒーの水面に視線を落とした。黒い円が蛍光灯の無機質な光に煌《きら》めいている。

「もうちょっと頑張ってみます。会社から私を必要としてもらえるように」

「おや。ご自分の人生なんですから意地っ張りにならなくてもいいんですよ？」

片倉さんはまた、テーブルの方を向いた。

「辞めたくなるときもあると思います。辞めたいけど辞めたくないときは、ゆっくりリラックスして気持ちを楽にしてください。そのときはぜひ、この店を使っていただければ」

「そうですね、そうします」

「それでもやっぱり、辞めたいと結論づけた場合は」

片倉さんは、そこまで言って言葉を切った。

そして、そこから先はもともと用意されていなかったかのように、コーヒーを啜りはじめた。

「え、気持ち悪いところで切らないでくださいよ」

「以上です」

片倉さんはしらばっくれた。納得する私ではない。

「いやいやいや。絶対続きあったでしょ」

「おこがましいことを言うのはやめておきます」

続きを言うのが億劫なのか気恥ずかしかったのかわからないが、片倉さんはもうその先を口にしなかった。

「そんなに言いたくないなら、いいですけど」

諦めて、ふうと息をつく。猫頭がテーブルを見つめている。

静かでなんでもない、それでいてどこか愛おしい時間がじりじり経過する。顔の見えない片倉さんは、動かないことにくわえて黙ってしまうと、寝ているのか起きているのかすらわからない。

ふと、このシチュエーションの重さに気がつく。この無抵抗な片倉さんなら、猫頭を剝《は》ぐ絶好のチャンスではないか。これは今しかない。

「すみません片倉さん。あなたの災難は承知の上なんですが」

ソファを降りて、カップをテーブルに置いた。体をテーブルとソファの間に滑りこませる。テーブルを眺めていた片倉さんの視界を遮った。

「ちょっと失礼しますよ」

そっと片倉さんの、というより猫頭の頬に両手を添えた。ふんわり柔らかい。

「なにをなさるおつもりですか」

いつもの落ち着いた声がかぶり物の中から発される。しかし、私の手を払い除けようとはしてこない。

「今日あなた、可哀想な目に遭いましたよね」

かぶり物を少しだけ、くっと上に引っ張ってみた。

「その上、私にかぶり物を強奪されたとなったら、踏んだり蹴ったりだなあとか思いますか」

ちらり、普段はかぶり物で見えない首筋があらわになる。

瞬間、どきっとした。

「思いますねえ」

片倉さんは抵抗こそできないものの、悲壮感漂う声で言った。

「マタタビさんが無抵抗の僕にそんな意地悪するなんて……考えたくないですねえ」

「はいはい、ごめんなさいね」

私は彼のかぶり物を、肩までしっかり戻した。

「今日は片倉さんを甘やかす約束なので、観念してあげます」

しかし、なんだ。少し首筋が見えたくらいで申し訳ない気持ちになる。まるで思春期の少年少女の着替えを偶然見てしまったかのような、美女のスカートが風で捲れて中を見てしまったような、そんな後ろめたさである。首なんて普通の人ならいつも見えている部位なのに、なんだこの背徳感は。

「お優しい。さすがマタタビさん。崇め奉ります。ありがたやありがたや」

片倉さんが淡々とした口調のままふざけてきた。勝ったと思って調子に乗っている。

申し訳なさが一瞬で吹き飛んだ。

「……っておとなしく引くと思いましたか！」

バッとソファに飛び乗って、寝転がる片倉さんに馬乗りになった。途端に片倉さんが慌てだす。

「うわっ！　なにす……」

ばきゃり。人体から鳴るには恐ろしすぎる音がしたのは、その瞬間であった。

「あ」

気がつくと、私の体は片倉さんの痛めた腰に全体重を預けていた。

片倉さんは声にならない声を僅かに発しながら悶絶していた。これはまずい。

「ごめんなさい！　とんでもないことを」

慌ててソファから飛び降りると、片倉さんはむくりと起き上がった。

「すごく痛かったのですが、治りました」

「え⁉」

「今の衝撃で違《たが》えていた関節が噛み合ったようです」

「う、嘘……そんなことってある⁉」

片倉さんは平然と起き上がって、ソファの横で軽く体を捻っている。

「マタタビさんのお陰ですね。ありがとうございます」

「え、うん、どういたしまして」

呆然としている間に、彼はスッと出入り口を開けた。

「ここまでお付き合いさせてすみませんでした。帰りはお送りします」

「いや、私はいいので開いてる病院で診察を受けてください」

何事もなかったかのように動いてはいるが、一応受診していただきたい。

「もう治りましたよ」

「わからないじゃないですか。変なかぶり物のまま救急搬送されてもいいって言うんならいいけど」

「念のため受診しましょう」

そう脅すと、ようやく片倉さんが素直に言うことを聞いた。

片倉さんと店の外に出ると、十一月の冷たい風がぴゅうと頬を撫でた。暗がりに倒れたままの脚立、吹き飛んだままの片倉さんの靴。もうすっかり日が暮れている。冬が来る。

「あの、マタタビさん」

温かそうなかぶり物が言った。

「ご心配おかけしてすみませんでした。今日はありがとうございます」

改めて言われると、なんとなく照れくさかった。

「あなたになにかあったらお店が休みになっちゃうじゃないですか。そしたら私が困るんですから」

冷たくなった自転車のサドルに跨がって、帰路に着く。遠い薄墨色の空には、星が散らばっていた。

# Episode 7・猫男、邪魔をする。

「あ、マタタビさんだ！」

真冬の喫茶店に入店すると、正面にいた少女から呼ばれた。

ふわふわのピンクのワンピースに白いPコート。スカートの裾から伸びる華奢な脚。つやつやの白い肌に肩までの黒髪をふわりと巻いた美少女が、大きな瞳でまっすぐ私を見つめている。

「ええと、こんにちは」

挨拶してみたものの、混乱していた。私がマタタビさんと呼ばれていることを知っているこの少女だが、見たことのないお客さんだったのだ。初対面のはず、それがなぜ。

「わからないですか？」

女の子がうふふと笑った。もしかして会ったことがあるのか。まったく覚えがない。

「マタタビさん、あの子ですよ」

カウンターの向こうから片倉さんがヒントを投げてきた。

「スイートポテト」

「あ！ ええ⁉」

片倉さんがスイートポテトを六十八回焼いたときにやって来た、失恋中学生。

いやしかし、私の知るあの中学生は、酷いにきび顔で小太りで、髪なんかもおかまいなしな、自身をブスと呼称する少女だったはず。

「う、嘘、あのときの!?」

「うん。マタタビさんに言われたとおりきれいになる努力をしたの。ダイエット頑張って、洗顔もさぼらなかったし、眼鏡が似合わないからコンタクトにした」

向上心があるなら変われると言った覚えがあるが、まさかこれほどまでとは。

「すごいじゃない! すっごくかわいいよ!」

「えへへ、マタタビさんの喝《かつ》のお陰です」

へにゃりと笑った表情なんか、あのときの妖怪のような顔からは想像できないような可憐さである。

「あれから私、頑張ってきれいになって、マスターの言うとおり、もう一度彼に告白したんです」

「おお、どうだったの?」

「OK、もらえました!」

中学生が照れ笑いした。涙が出そうになった。

「おめでとう! 頑張ったね。頑張ったね」

たくさん褒めたいのに、言葉が詰まってそれしか出てこなかった。中学生ははにかみながら、私と片倉さんを交互に見た。

「六十八回もではないけど、リトライしたら変わることもあるんですね！　おふたりから自信をもらえたから、頑張れました」

「そんな、私はただ」

「背中を押してくれてありがとう。あなたのお陰で、今の私になれました」

自信にあふれたその表情は、じんわりと胸を温かくする。

「私、やっとわかりました。マタタビさんとマスターが、私に教えてくれたことの本当の意味」

中学生がおくれ毛を耳にかけた。

「自分のことを好きになれないうちは、誰も好きになんかなってくれないって。前向きになって、なりたい自分になる努力して、そうやって幸せを掴んでいくんだって。やっと気づいたんです」

それから、中学生が自慢げに微笑んだ。

「ということで、今日は彼のおうちでクリスマスパーティです。マスターのお手製ケーキ、予約してたんです。こんなに幸せなのもマタタビさんがいてくれたからこそです。本当に、ありがとうございました！」

中学生は私にぺこりとお辞儀をすると、浮き足立った足取りで店を出ていった。

嬉しいやら驚いたやらでぽかん顔で立ち尽くしていた私に、片倉さんがカウンターから声をかけた。

「あなたが彼女の人生を変えたんですよ」

「そんな、大層なこと……」

「ほんの数か月前の彼女は予想もしていなかったことでしょう。大好きな人とクリスマスを過ごすなんて」

片倉さんの穏やかな声が、徐々に冷静を取り戻させた。私は一呼吸おいて、いつものカウンター席についた。

「そっかあ、今日はクリスマスイブですね」

この喫茶店もいつもより少し浮かれた様子で、カウンターの隅に小さなクリスマスツリーの置物が飾ってある。

「私は今年も普通に仕事して、普通に帰って寝るだけなのになあ」

中学生が恋人とクリスマスを過ごしているというのに、私ときたら。

「片倉さん、ケーキお願いします」

「ふふ。クリスマス限定のと通年の、どれに致しましょう」

「クリスマ……あ、やっぱ通年の、チョコケーキ」

「かしこまりました」

グダグダだ。でも、この喫茶店で静かな時間を過ごせるのなら、それはそれでいいか。

ケーキと一緒によく注文するブレンドコーヒーを頼んで、それを淹れる片倉さんを眺める。静かで心地よい。

「今年は雪は降るのかな」

ホワイトクリスマスだったら、あのスイートポテトちゃんのクリスマスもロマンチックに演出されることだろう、などと考える。

「この町は気候が温暖なので、雪は降らないんです」

片倉さんにやんわり否定された。そうだった、しばらく東京で暮らしていたせいで忘れていたが、静岡はほとんど雪が降らないのだった。

「クリスマスだからって、トナカイのかぶり物になったりしないんですね」

あ、やったんだ。

「昨年不評でしたので……」

「なんだあ。見たかったな。片倉さんは、クリスマスのご予定は？」

プライベートのことはあまり話してくれない片倉さんにわざと聞いてみる。案の定、彼は返事を渋ったが、代わりにカウンターの向こうから甲高い声がした。

「クリスマスだよ？　魅惑のレディとデートに決まってるじゃない」

ふたりだけだと思っていた私は、びくっと声の方を見た。

「か、果鈴ちゃん！」

カウンターの向こうに小椅子を置いて、果鈴ちゃんがちょこんと鎮座している。

「いたの!?　静かすぎて気づかなかった」

「宿題やってるの。冬休みの宿題って意外と多いんだ。ここでやると、困ったときゆず兄が教えてくれるから」

小椅子に座って脚をぷらぷらさせながら、膝に問題集を乗せている。

「冬休みで退屈だからって遊びに来たんです。目の届くところにいてくれるから、安心ですけどね」

片倉さんは私にコーヒーとケーキを差し出しながら猫頭を傾げた。

「すみませんマタタビさん、せっかくゆっくりしたいお時間に」

「いえ、果鈴ちゃんかわいいし。果鈴ちゃんがいても今日はウサギじゃないんですね」

「ええ、果鈴本人からどうでもいいと一蹴されまして」

「さすが果鈴ちゃん。そのとおりだわ」

ただ、気になることがひとつ。

「あの、」

途中まで聞きかけた。でも、聞けなかった。

彼は素顔すら隠すような人だ。プライベートについて突っこんではいけない。

だが気になる。デートって。片倉さんがデートって。魅惑のレディとクリスマスデート。

思い浮かべてみようとしたが、猫のかぶり物を被っている姿しか知らない私には到底想像できない世界だった。

いや、だからなんだ。片倉さんが誰とどんなクリスマスを過ごそうと勝手ではないか。

私が気にすることではない。私が気にすることではない、はずだ。

……なんだこの、胸がむかむかする感じ。

「素敵なクリスマスになるといいですね」

「あはは、そうですねえ」

若干語尾に棘を含ませてみたが、片倉さんはまったく動じなかった。代わりに果鈴ちゃんがニヤリと笑った。

「マタタビのお姉さんはボッチなんでしょ」

「ほっといてください」

べ、と舌を出すと、果鈴ちゃんはさらにニヤけて、いそいそと問題集に打ちこみはじめた。

果鈴ちゃんをじとっと横目で見ながらチョコケーキの茶色いクリームをつついていると、カランカランと、ドアベルが来客を知らせた。

「いらっしゃいませ」

片倉さんが声を投げる。

外の冷気とともに入ってきたその男と目が合った瞬間、私はガチンと凍りついた。スーツ姿に深緑色のモッズコート。すらりと背が高く、そこそこ整った顔。その男の方も、私を見るなり目を見開いて固まった。

なんでこいつが、ここに。

「夏……梅……？」

か細い声が絞り出された。私は目を逸らしてコーヒーに口をつけた。

「夏梅だよな!?」

男が駆け寄ってきた。纏《まと》っている空気は冷たく、こちらまで寒くなってくる。

「久しぶりだな、こんなとこで会うなんて！」

本当に。なんで、地元から遠く離れたこんなところに、この人が。

「ごめんなさい。誰だったかしら」

しらばっくれたが、男はドカッと隣に腰を下ろした。

「もしかしてまだ怒ってんのか」

「知りません」

「本当に忘れたのか、俺だよ、高校のとき一緒だった柿川《かきかわ》」

名前が耳に入ると同時に、この人と最後に目を合わせたときのことが脳裏によみがえった。

私の友達の腰に手を当てながら、じろりと向けた冷たい視線。友達だったはずの彼女の、哀れみのようなしたり顔のような複雑な表情。

不快感があふれて、飽和する。

「うっさい。覚えてるわよ」

つっけんどんに返すと、柿川はニヤアと笑った。

「なんだよ……やっぱり忘れてないんじゃねえか」

「おや。マタタビさん、お知り合いですか？」

片倉さんが能天気な声で言って首を傾げると、柿川はカウンターの方を見上げ、片倉さんのかぶり物にびくっと肩をはねあげた。

「うわっ！　なんだこの店」

「そういうお店なの。突っこまないであげて」

横目で見ながら制する。柿川はまた私に向き直った。

「なんなの、ずいぶん仲良さそうだな。このかぶり物野郎、お前の彼氏？」

「は？　あんたには関係ないでしょ」

じろっと睨むと、柿川は一瞬ぴくりと眉間に皺を寄せ、それからニヤニヤと嫌味な笑いを見せた。

「へえ。なあ猫のオーナー。俺、こいつの元彼」

「そんなこともあったわね」

嫌いなわけではない。でも、気まずい。そう感じているのは私だけなのだろうか。

「ほう！　それはそれは」

片倉さんはまるで別世界にいるような和やかな声で応じた。

「ご注文はいかがなされますか」

丁寧に応対する片倉さんを無視して、柿川は私に噛みついた。

「〝もう二度と恋なんかしない！〟じゃなかったの？　もういいのか？」

「やめてないわ。片倉さんは無関係。あんたのせいで、私、いまだに」

私の友達と付き合いはじめて、私を捨てた男。あのときの目を思い出すと吐き気がする。

「なんだよ、マジで恋人つくってないの？　お前、ときどきそういう重いとこあるよな」

柿川が小首を傾げる。この人にとってはあの出来事はその程度なのか。そうか。

「それともなに、あんなことがあったから男が怖いとか言う？」

「ちがう」

「じゃあ、俺のこと忘れられないから？　まだ好き？」

背中に腕を回された。ぞわっと背筋が粟立つ。

「や、やめて」

「そのオーナーは無関係なんだろ。だったらいいんじゃない？　俺といても」

気持ち悪い。高校生の頃よく冗談でやっていたやりとりに似ている。懐かしい。が、今やらないでほしい。

「やめてよ、そこにちっちゃい子いるんだから。触らないで」

「照れんなよ、お前って昔っからツンデレだから」

ぱし。軽い音がして、私の腰から柿川の手が離れた。

振り向くと、いつの間にかカウンターから出てきていた片倉さんが、柿川の手首を摑んでいた。

「すみません。他のお客様のご迷惑になりますので」

「なんだよこの猫野郎……」

じろり。柿川がヘビのような目で片倉さんを睨んだ。

「他のお客様って？　誰もいねえじゃねえか。あのガキならお前の身内だろ。カウンターの向こうにいんだから」

「ですから、こちらのお客様が」

片倉さんがひらりと私の方に手を向けた。

「大変ご迷惑しているようでしたので」

落ち着いた声だった。だけれど、柿川の左手を摑んだ手はギリギリと震えている。

「この人に、触らないでください」

落ち着いているのに、深くて重い、低い声だった。柿川がたじろぐ。

「なんだよ……ちょっとふざけただけじゃねえか」

「そうでしたか。それは失礼いたしました。ですが」

片倉さんの手は、まだ柿川を離さなかった。

「冗談でも言っていいことと悪いことがある」

頭に血が上ったらしく、柿川が立ち上がった。

「なめたもん被ってなに言ってんだよ！　おら、面見せろ」

柿川は摑まれていない右手でガッと片倉さんのかぶり物の耳を摑んだ。猫頭がぐらつく。

心臓が止まりそうだった。思考より先に行動が先走る。私は柿川の腕にしがみついた。

「なめてんのはお前だ！」

柿川がよろめく。片倉さんはスッと彼の手首を離した。呆然と私の方を振り向いた柿川に、私はさらに怒鳴りつけた。

「なにしに来たのよ！　これ以上お店に迷惑かけるんなら帰って」

「んだよ、こんな気味悪い店……言われなくても帰る」

柿川は低い声で言って、自分の鞄を引き寄せ、舌打ちしながら店を出た。乱暴に閉められた扉が、ばんっと悲鳴をあげた。

喫茶店に静寂が戻る。果鈴ちゃんがぽかんとしている。

「ごめんなさい、片倉さん。果鈴ちゃん」

謝った声は、自分でも驚くくらい震えていた。

「私のせいで、こんな思いさせて」

「僕の方こそすみません。取り乱しました。マタタビさんは悪くありません」

片倉さんは気持ち横にずれた猫頭をくいっと正面に戻した。

「せっかくの再会だったのに、なんとお詫びを申し上げたらよいか」

いつもの片倉さんだ。穏やかで落ち着いた物腰。

「ごめんなさい」

もう一度謝って、ぺたんと椅子に座りこむ。片倉さんは何事もなかったかのように、カウンターに戻った。果鈴ちゃんはまだぽかんと口を半開きにしている。

「今の人なに？　怖い人？」

「怖い人じゃ、ないいんだよ」

誤魔化すようにへらっと笑いかける。

「ごめんなさい、クリスマスに不愉快な思いさせちゃって。なんなんでしょうね、なんであいつがこの町にいるんだか」

苦笑してからひと口大に掬《すく》ったケーキを口に運んだ。ふわりと柔らかくて、甘い。それは、過去の過ちを蒸し返してどろどろになった心臓を、優しく癒すように感じた。

「おいしい」

ぽつんと感想を零した。片倉さんはなにも言わなかった。

無言でケーキとコーヒーをもそもそ口に突っこむ。果鈴ちゃんの鉛筆の音が聞こえる。

心臓がどくどく言っている。

不愉快な奴に会ってしまった不快感と同時に、彼の手を払ったときの片倉さんの手を思い出して胸が締めつけられる。

『この人に、触らないでください』

そう言ったとき、あの人はどんな顔をしていたのだろう。

バカ、どきどきするな。これから魅惑のレディとデートの人に、こんな感情を持ってはいけない。

「ごちそうさまです」

絞り出した声は、消えそうなくらい震えた。

「また来てね」

果鈴ちゃんの可憐な声がした。

扉を開けるとすぐ、突き刺すような冷たい風がびゅうと吹きつけた。自転車に跨がると空気の冷たさで耳が痛い。

クリスマスだし、ニャー助におやつでも買ってあげよう。地面を蹴って商店街の方に漕ぎだした。


プレゼントに新しい猫じゃらしと猫用マタタビクッキーを買った。店を出ると、外はまっ暗になっていた。携帯の時計を見るともう八時半。暗くもなるわけだ。

早くニャー助に会いたいので近道を企てる。たしか、公園を突っ切れば海浜通りに出られたはずだ。

小さな街灯でぼんやり照らされた公園に入る。砂場につくりっぱなしで放置された砂山がこんもりと灯りを浴びていた。暗い公園を自転車で突っ切ろうとした、そのときだった。

「夏梅！」

暗がりの中から私を呼ぶ声がした。ブレーキをかけて声の方を向くと、暗くてよく見えないが背の高い人影が佇んでいるのがわかった。誰なのかは、声で判別がついた。

「やっぱり夏梅か。似てると思って追いかけたら」

人影がこちらに近寄ってくる。街灯の灯りが深緑のモッズコートを照らした。

柿川の声は、思いのほか落ち着いていた。

「ほんと、悪かった。久しぶりに会って嬉しくて……ガキの頃のノリで行ったら、夏梅も今までどおりに接してくれると思ったんだよ」

「そうだったんだ。私もいきなり無視して悪かったよ。ごめんね。じゃあね、おやすみ」

再び自転車を漕ぎだそうとすると、彼は慌てて駆け寄ってきて私の前に立ちはだかった。

「アホ。ちょっと待てって。せっかく久しぶりに会ったんだ。少しくらい話そう」

「寒いしやめようよ」

「ちょっとでいい。もう夏梅の連絡先とかわからないから、今じゃないと話せねえだろ」

帰りたかった。だけれど、柿川の目を見てしまうと。

「お願い、今度はちゃんと現実から逃げないで、真面目に話すから」

こいつのこんなに真剣な目を見たのは久しぶりで、振り払うことはできなかった。

「わかった。私も悪いとこあるし、ちゃんと話そうか」

お互い、大人にならなくてはいけないときが来たのかもしれない。

自転車を立てて街灯の下にぽつんと置かれたベンチに腰掛ける。冷気にさらされた椅子はひんやり冷たかった。今年は雪を見ていない。そういえば、気候の温暖なこの町は雪が降らないと片倉さんが言っていた。

柿川は私に触れない微妙な距離の位置に座って切り出した。

「改めて謝るよ。ほんとごめん。じつはちょっと、むしゃくしゃしててあのオーナーに八つ当たりした」

「虫の居所が悪いのを理由に暴れても許されるのは小型犬までよ。覚えときなさい」

「すげえこと言うな。まあ、お前のそういうところが好きで、告ったんだけどな」

柿川が笑った。懐かしい。私もこの人の、この笑顔が好きだった。

「夏梅、今この町に住んでんのか？」

「うん、転勤で」

「ふうん。俺は職場は東京なんだけど、今日はたまたま出張で。明日には帰るから、お前に会えて本当によかった。クリスマスの奇跡かもな、なんつって」

ニヤリと冗談ぽく笑う。この表情。好きだったなあ。なんとなく、目を逸らした。

「気持ち悪いこと言わないでよ」

「はは、きっつ！」

柿川は笑って流した。真面目に話すと約束したわりに、話のテンションは高校生の頃そのものだった。

ぶぶぶぶと、柿川のコートのポケットから変な音がする。

「あのさ。あんなことがあったあとで言うのもなんなんだけど」

柿川の声が、真剣な色を差した。緊張が走る。ぶぶぶぶ。コートのポケットの音はまだ続いていた。

「今度、どこか遊びに行かない？」

言葉が耳に入って、脳に伝わって、理解するまでにかなり時間がかかった。

いまいち咀嚼《そしゃく》できなくて返答を詰まらせていると、その間《ま》に慌てた柿川は早口に続けた。

「いや、うまく言えないけど、俺のせいで恋愛が面倒くさくなってそのまま疎かになって、こんな感じになっちゃったんだろ。お前はもう俺なんか嫌いかもしれないけど、俺なりの誠意というか、少しは平気になってほしいんだよ。だからちょっとしたデート……っていうかさ、そんな感じで」

ぶぶ。コートのポケットの音がやむ。

「なにそれ、そんな荒療治いらないよ。大丈夫。気にしないで」

冗談と受け止めて笑った。が、彼の声は真剣だった。

「俺がお前の人生壊したようなもんだから。せめてもの贖罪《しょくざい》のつもり」

「ちがうよ。怒ってるわけじゃないし引きずってるつもりもないし、ただ本当に面倒なだけ。ちょっと意地になってるだけで、そんなに深刻な話じゃないから」

本当は自分でもわかっていた。高校生のときの事件は今思えば小さいことだし、トラウマというほどのことでもない。ただ、それをきっかけに恋愛が面倒くさくなっただけ。その当時この人を退屈させて飽きさせた私も悪いという、それだけのこと。

「そんなことより、さっきの喫茶店にちゃんと謝りに行ってよ。関係ないのに店で暴れられてマスター困ってたし、ちっちゃい子だって怖がってた」

果鈴ちゃんが怯えた様子はなかったが、話を盛っておいた。柿川がう、と唸った。

「悪かったって。なんつうかさ、嫁と喧嘩していらついてて。明日、謝りに行く」

ばつが悪そうに足元に視線を落としている。ちらりと柿川の左手を見ると、薬指に指輪を嵌《は》めていた。

「嫁……。結婚してたんだ。そこにびっくり」

「うん、まあ。麻衣子《まいこ》なんだけど」

麻衣子。高校のときの友人の名前だ。

「もっとびっくり。十年も続いたんだ」

「いや、別れたけど再会して、付き合いはじめて……って、それはいいだろ」

よくないよ。でも、そうか。麻衣子、元気にしてるんだ。そう、よかった。

声になる前にまっ白な息になって、宙に消えた。

「って、結婚してんのに私と遊びに行くつもりだったの⁉　バカじゃん」

呆れた。それではあの当時からまったく進歩がない。悪い奴ではないのだけれど、根本的にバカだ。引きずっていたつもりもないが、完全に冷めた。ぶぶぶぶ。また、柿川のコートから音が鳴りはじめた。

「いや、だから！　ちゃんと俺の話聞け！」

柿川の拳骨《げんこつ》が私の後頭部をこつんとこづく。ぶぶぶぶ。音が耳に障る。

「ねえ、さっきから携帯鳴ってない？」

一応、注意を促す。柿川はポケットに手を突っこんでちらと画面を覗いたが、着信には応じず再びポケットの中に携帯を滑りこませた。

「大事な電話じゃないよ。そんなことよりじつはさ、嫁が浮気してる可能性があって」

柿川が真顔になった。

「クリスマスなのに出張でごめんって言ったら、あっさり『べつにいいよ。他に約束あるし』って答えたんだよ」

「ふうん」

「それで気になって突っこんだら、『いや、あんたじゃあるまいし』だって」

ぶぶ。また、音がやんだ。

「最初はお互い冗談ぽいノリで喋ってたんだけど次第にエスカレートして喧嘩になって。仲直りしないまま出張の日が来ちまって……」

「今に至るわけね。麻衣子が浮気してんなら、こっちも元カノ連れ出して牽制しようって、そういう腹なのね」

ざっくり先を読むと、柿川は頷いた。

「そ。それに俺、お前と遊びたいし、もっとちゃんと話したいしな」

ぶぶぶぶ。またコートから音がした。うるさい。

「夏梅を利用するみたいで申し訳ないんだけどさ……これでお前の恋愛拒絶主義も治るかもしれないし、なにより絶対楽しませる自信あるから！」

キリッと決め顔で頭の悪いことを言われた。思わず噴き出す。

「あんたやっぱりバカだ！　本気のバカ！」

「ちょ、笑うなよ。夏梅にとっても悪い話じゃないはずだ」

ぶぶぶぶ。音が気になって仕方ない。

「うん、本気のバカにしては考えたね。面白い話だとは思うよ」

私は自分の足元に視線を落とした。

「でも乗り気にはなれないな」

音が、やまない。

「あんたは牽制のつもりでも、麻衣子は本気で悲しむかもしれないでしょ」

「いや、だって先に浮気したのはあいつの方だし……」

「ちゃんと話したの？」

じゃり。地面を爪先で蹴ると、大粒の砂利が少しはねた。

「あんた昔から人の話聞かないし、麻衣子もバカで要領悪くて誤解されやすい物の言い方するし、バカ同士なら話しあわなきゃ一生嚙みあわないわよ」

「ほとんどバカにしてるじゃねえかよ」

「バカにしてるわけじゃないよ。バカだと思ってるだけ」

ぶぶぶぶ。携帯のバイブレーションが冷たい空気を微弱に振動させている。

「私に未練があるって言うなら断ち切りなよ。私はこういうことを言う性格だよ。あんたも麻衣子もバカだと思ってるし、それを面と向かって本人に向かって言うような、歪んだ性格した女なの」

淡々と喋っていると、寒さが妙に身に染みる。柿川は口を半開きにして眉を顰《ひそ》めた。

「は……？　なんだよそれ、自分でそれ言うとか、本当に歪んでんな」

「うん。だからね。私のこととかどうでもいいし、ほっといてほしいから、そのうるさい電話なんとかしてよ。耳障りで仕方ないわ」

ぶぶぶぶ。コールが長い。いつまで鳴らすつもりだ。

「牽制のために浮気のふりなんてちっちゃいことしてる男なんて、こっちから願い下げ。それから今、自分がしなきゃならないことわかってないんだか、わかってるけど逃げてるんだか知らないけど、そういうとこも器が小さいと思う。あとあのお店はカフェじゃなくて喫茶店だから、あの人はオーナーじゃなくてマスター。まあ、明確なカテゴライズじゃないし、どっちでも本人は気にしなさそうだけど、一応」

「なんだよ偉そうに……なんでそんなに上から目線なんだよ」

柿川の声が少し、へそを曲げた。ぶぶぶぶ。携帯の音はまだ止まらない。

「まちがいを正そうっていうんじゃないよ。ただ私は思ったこと言ってるだけ。私の言ってることがまちがってると思ったんなら聞かなくていいよ。でも電話には出て」

柿川が再び携帯をちらりと覗いたとき、画面の明かりを見てしまった。

画面に表示されていた、懐かしい名前。

「話したいんだと思うよ。あの子、不器用で頭が悪いけど素直な子だし、あんたにちゃんと、言いたいことがあるんだと思う。浮気なんかしてないかもしれないし、してたとしても謝りたいのかもしれないじゃん」

バイブレーションが寂しそうに柿川を呼んでいる。

「まちがいなく、あんたの声が聞きたいんだよ。だから出てあげて。バカがバカなりに必死なんだから、汲み取ってやりなさいよバカ」

「なんだよさっきから偉そうに。こっちの提案は全部無視かよ。お前のために考えたのに」

柿川の声は震えていた。怒りのせいなのか寒さのせいなのか、はたまた泣きそうだったのか、私にはわからなかった。

「もういい。せっかくまた友達に戻れると思ったのにな。そんだけバカにされたら未練持ってた俺がバカみたいだ」

「うん、だからさっきから言ってるでしょバカだって」

哀れな奴だ。こんなに愛されているのに、気づいていないなんて。

柿川は私を一睨みして、ベンチから立ち上がった。

「さよなら。たぶんこれで最後だな」

「うん。ばいばい。よいクリスマスを」

手を振るでもなく目を合わせるでもなく、私は自分の膝を見ながら言った。ざく、ざく。遠ざかる柿川の足音だけが聞こえる。今目をあげてしまったら、きっとまたあの後ろ姿を見ることになるのだろう。見ても今の自分なら大丈夫かもしれないけれど、なんとなく顔をあげる気分にはなれなかった。

バカは私だ。

本当はちょっと、一緒に出かけたかったくせに。ちゃんと話をして、過去のことなんかきれいさっぱり流してしまえるチャンスだったのに。

本気のバカは、私だ。

「あー、寒」

空に向かって呟いた。まっ暗だ。明かりが少ないせいで、星がたくさん見える。

「後味悪。帰ろ。ニャー助見よう。撫で回そう」

それなりの音量で空に宣言して伸びをする。ざく、ざく。柿川が去った方向と真逆の方向から、近づいてくる足音が聞こえた。

「マタタビさん」

耳に入ってきた、甘くてとろけるような声。胸がきゅっと詰まって返事ができなかった。

「ひとり言が多すぎますよ。お隣、よろしいですか」

とす。声の主がベンチに腰を下ろした。右の肩にほのかな体温を感じる。胸がぎゅっと苦しい。泣きそうになるのを堪えながらちらと横を見て、絶句した。

トナカイだ。

異常に首の長い不気味なトナカイ。肩の高さは私と数センチしか変わらないのに、顔は私の頭上の五十センチくらい上にある。必要以上に長い首の上に乗った半笑いの頭の中心には、丸くて赤い鼻。

「立派な角ですね、片倉さん」

「ほう。僕が僕であることによくお気づきになりました。顔がいつもとちがうのに」

「そういうことしてる人って片倉さんくらいですから……」

なるほど、このかぶり物なら昨年不評だったことも頷ける。

首から下は茶色いダッフルコートと深緑のマフラー。いつも喫茶店で見ている服装とはちがうけれど、行動と声だけで十分わかる。

「あの、これ。衝動買いしたんですが」

片倉さんは膝に乗せた袋にがさごそと手を突っこんだ。

「よかったらご一緒しませんか」

出てきたのは、ほかほかと白い湯気を立てるたい焼きだった。真ん中でぱくりと割って、問う。

「頭と尻尾、どちらがお好きですか」

「ええと、じゃ、頭で」

「はい」

丸い目をした魚の頭が、私の前に差し出された。

「熱いので、火傷《やけど》しないように気をつけてくださいね」

「ありがとうございます」

手の上にぽふ、とたい焼きが乗る。湯気が視界に広がる。

「いつからいたんですか？」

半分のたい焼き見つめながら聞くと、片倉さんは少し間を置いて答えた。

「すみません、立ち聞きするつもりはなかったんですが……その、三分前くらいからでしょうか……」

「なんだ。だったら出てきて追い払ってくれればよかったのに。そのトナカイ被ってれば迫力満点ですよ」

三分前なら私が感じ悪く柿川を突き放していた辺りだろうか。そうか、片倉さんに聞かれてしまったか。なんだか取り返しのつかないミスをしたような気分になって、目を伏せた。

ひと口、たい焼きをかじる。柔らかい皮が唇にはりつく。片倉さんも奇妙なかぶり物の隙間にたい焼きを滑りこませ、もぐもぐとトナカイ頭を揺らした。

「柿川さんでしたっけ。お店でお会いした際、感情的になってしまってすみませんでした。反省します」

たい焼きの甘い餡《あん》が舌でほどける。喫茶店での出来事を蒸し返されて、むせそうになった。

「マタタビさんの大切な方だったのに、本当に失礼なことをしてしまいました」

「ぜんぜんそんなことないですよ。あんな奴、もっとズタズタにしてくれてよかったです」

「またまた。ご無理をなさらないでくださいね」

片倉さんにはわかるのかもしれない。柿川が、バカなりに必死に私の事情を考えてくれていたのが、少しだけ嬉しかったこと。会って話したら懐かしくて、意外と楽しかったこと。

「本当ですよ。未練なんか、少しもないです」

片倉さんはそう、と着ぐるみ越しに白い息を吐いた。

「余計なお世話でしたね。失礼しました。ただ心配だったんです。あなたがご自分を殺していないか。スイートポテトのお嬢さんをはじめ皆を幸せにできるあなたが、自らの幸せを殺していないか」

どきりとする。見透かされているみたいだ。

「僕はあなたにも幸せになってほしい。あなたの人生なんだから、恋愛をやめるのも、あの人をもう一度好きになるのをやめるのも、全部あなたの自由ですけど……。ご自分を縛りつけるルールで、ご自分を苦しめないでほしいんです」

彼の言いたいことはよくわかった。その気持ちはすごく嬉しかった。だけれど、これからは素直に恋をしますなんて、プライドが許さなくて口には出せなかった。

「あいつをもう一度好きになるのだけはありえませんよ。完全に冷めてますから。なんであんな人と付き合ってたんだろ」

片倉さんの方は見られなかった。砂利を踏んずける自分の靴を見つめながら言い訳がましい言葉を並べる。私自身への覚悟の意味も含めて。

「あいつらが結婚したこと、べつに僻《ひが》んでるんじゃありませんよ」

吐く息が白い。たい焼きの湯気が薄くなってくる。冷気にさらされて徐々に冷めていく。

ただ私を裏切ってまで付き合ってるんだし結婚までしたのだから、ちゃんと幸せになってくれないとこちらが納得できない。どっちもバカなふたりだけれど、一緒に過ごして楽しかった日々は嘘じゃない。

お願いだから、幸せになってくれ。私の大切な、元彼。大切な、友人。

ぽん。頭に軽い衝撃があったのは、その瞬間だった。

片倉さんの手が私の頭に乗せられたことに気がつくまでに、少し時間を要した。

「知ってますよ。マタタビさんが、マタタビさんなりに優しいことくらい」

心臓が止まった。顔がかあっと熱くなって、周囲の温度がわからなくなった。

指が私の髪を撫でる。さらさらと、優しく、冷えた髪を温かい手が慰めていく。

頭が混んがらがって、胸が苦しくて、全身の神経が痺れてしまう。甘い甘い言葉と、髪を撫でる大きな手。この気持ちを、なんて言葉に表したらいいのか。

「む……むかつく！　トナカイ男のくせにその態度」

「やば、怒らせた」

パッと片倉さんの手が離れた。

「今度、片倉さんが忙しいときにやり返してやる」

目が合わせられない。そもそもマスクマンの彼と目を合わせることは難しいのだが、くだらないかぶり物すら見られなかった。たい焼きに噛みついてこの頬の火照りを振り払う。

「大体……なんで片倉さんがこんな時間にここにいるんですか。魅惑のレディとデートじゃなかったんですか？　私にかまってる暇なんかないはずでしょ」

たい焼きを頬張りながら聞くと、片倉さんは首を傾けた。

「ん？　……ああ、そのことですか。フラれちゃいました」

自嘲気味に笑い、続ける。

「フラれちゃったので、今から店に忘れ物を取りに行くところでした。ついでにマタタビさんが見たがってたこのトナカイも置いてこようかと」

「フラれちゃったって……ほんとに？」

それなら私の話を聞くどころではないくらい落ちこんでいるのでは。一方的に話してしまったことを今更後悔した。片倉さんは淡々と続けた。

「本当です。プレゼントを買って与えたら、帰ってしまいました」

「それは……その、なんていうか、お気の毒に……」

うまい言葉が出てこない。なんて言ったらいいのかわからない。いつも喫茶店で片倉さんの発言を聞いて、こんなときの慰めの言葉を勉強しているはずなのに、いざ自分が慰める立場になるとまったく台詞が思いつかない。言葉を詰まらせている私に、片倉さんは相変わらず落ち着いた口調で言った。

「いいんです。彼女が僕のことを財布くらいにしか思ってないのは知ってたし、頼まれなくてもプレゼントは買うつもりでいましたから」

「そんな……！　なにそれ、甘やかしすぎじゃないですか!?」

見る目がなさすぎる。報われないのに貢ぎ物だなんて、一途というよりはあまりに不憫だ。それなのに片倉さんは、いいのいいのと笑っている。

「一緒に選んでくれただけでも助かりました。小学生の女の子のほしいものなんて、本人から教えてもらわなきゃわからないですから」

ん？

「小学生？の、女の子？」

「ええ。あれ、言いませんでしたっけ。魅惑のレディって果鈴のことですよ」

声が出なかった。口を開けたまま、固まった。

片倉さんはもさもさとたい焼きを被り物に吸いこませている。

「小学生の間ではああいうのが流行りなんですねえ。カラフルなビーズで自分でアクセサリーを作るようなおもちゃ。勉強になります」

なんだこれ。私はてっきり、片倉さんと並んで歩く美人のお姉さんが存在するのだとばっかり。てっきり大人のデートが待っているものとばっかり。

それがただ、姪っ子の面倒を見ていただけだっただなんて……。

「バカだ……私バカだ」

「え？　どうしました？」

片倉さんは不思議そうにこちらを覗きこんでいる。勘ちがいをしていた愚かな自分と、なんとなくほっとしている自分の両方が憎い。

急に、片倉さんがなにか思い出したように、あ、と呟いた。

「そうだった。これ」

膝の上の袋を再び漁りはじめる。

「よかったら、受け取ってください」

袋からずるりと、箱が出てきた。白地に金の雪だるま模様の入った包装紙に包まれて、金色のリボンをかけてある。

「僕からのクリスマスプレゼントです」

とん、と私の膝の上に置かれた。胸がどきんとする。

「え、そんな……」

「ニャー助が遊ぶかわからないんですが、新作のおもちゃです」

ニャー助のか……。

「本当は今日、店にいらしたときお渡しするつもりだったんですが、すっかり忘れていました。今ここで会えて本当によかった」

「ありがとうございます。ニャー助喜ぶと思います」

数センチ右の温もりが半身を優しく温める。髪を撫でてくれた手が恋しい。間隔がもどかしいような、気恥ずかしいような、複雑な気持ちだ。

ふいに、ぽつ、と頬に冷たいものが触れた。

「雨？」

見上げると、まっ暗な空にちらちらと細かい白いものが舞っている。

「いや、雪？」

温暖なこの町には雪は降らない、はずだ。片倉さんが立ち上がった。

「風花《かざはな》ですね」

ふわりふわり。白い氷の粒が空気に踊る。まっ黒な闇の宙に、白い粒が街灯の灯りを反射させてきらきらしている。

「雪は降らないんですが、こうも寒いとときどき風花が舞うんです」

綿羽のような氷の粒に目を奪われる。思い出した。他県ではあまり見られない、風花。日本海側で降った大雪が、からっ風に乗って細かい粒に変わって流れこんでくるのだ。

粒が私の指に落ちた。溶けて消えて、跡形もなくなった。

「こんなにすぐ、消えちゃうんですね……」

触れたら、消えてしまう。

なんて儚い。なんて、美しい。

「帰りましょうか」

片倉さんがざく、と砂利を蹴った。

「そうですね、こんなに寒いと風邪引きます。帰りましょう」

トナカイ頭に笑いかける。

片倉さんの暗色のコートが暗がりに馴染んで、彼自身が白い粒の背景に溶けていた。

# Episode 8・猫男、愛される。

今年の年末年始は、初めてのニャー助を連れての帰省だった。

今の住まいと実家は同じ県内ではあるものの、横に長い静岡県は西と東でずいぶん距離があり、文化すらちがうほどである。移動中のニャー助は狭いキャリーがつまらなくて不機嫌な様子だったが、ひとたび実家の床に降り立つと、実家猫のキジトラ、ニャン吉とともに障子を破きはじめて大騒ぎを起こしてくれた。

ニャー助とニャン吉と一緒にコタツで丸くなっているうちに、休暇はあっという間に終わってしまい、私はまたあさぎ町に戻ってきた。年始を迎えた『喫茶 猫の木』は、洋風な建物に不似合いなしめ飾りが扉について、カウンターには小さな鏡餅が飾られていた。片倉さんとの他愛もない会話は、まるで実家にいるみたいな安心感で、また毎日のように通う日々が戻ってくる。

そしていつの間にか、一月が通りすぎて二月も中旬に差し掛かっていた。

今日は来たる二月の一大イベントの日。アメショー支部長がもてもてだった。

いや、アメショー支部長はいつも女性社員からの人気を集めているのだが、今日はとくに。

「支部長、いつもお世話になってますぅ。ハッピーバレンタイン」

美香が媚《こ》びた声で支部長に迫っているのを見たのは、その日の夕方のことであった。

男性社員へのバレンタインチョコは、女性社員皆で少額ずつ出しあい〝皆から〟という名目で全員に行き渡らせる、ということで丸くおさまったはずだった。しかしこの会社の肉食獣のような女子たちは、とくにお気に入りの男性社員には特別に用意してきているらしい。

若くて収入も安定している支部長は女性陣からの揺るぎない支持を集めていて、美香以外にも三人からチョコを渡されているのを私は目撃している。

「ありがとう高野さん」

支部長自身も自らの人気を自覚しているため、余裕のスマイルで美香からのプレゼントを受け取った。えらくご満悦。ご機嫌である。

「高野さんってもてそうだね」

「そんなことないですよぉ」

美香の裏返った声が飛んでくる。いつもとキャラクターがちがわないか、と口の中で呟く。

キャッキャと盛り上がるふたりを尻目に帰り支度をする。無論、私にはこの会社に特別な一人などいない。

「有浦さんは？」

「え？」

突然支部長から呼ばれ、間抜けな声が出た。美香が鼻にかかった甘え声のままフォローしてくれた。

「聞いてなかった？　彼氏いないの？って話してたの」

「いませんよ」

きっぱり言うと、支部長がへえとぼやいた。

「いないんだ」

「いません」

「候補は？」

「……いません」

少し返答に詰まる。

「支部長、夏梅は昔から本命チョコとかなくて、バレンタインの時季は自分用買って楽しむタイプですよお」

美香が甲高い声で付け足す。そんなことしな……いや、したな。

「高いチョコが出回るので自分へのご褒美に」

ニヤリと笑って合わせておく。支部長がケラケラ笑った。

「バレンタインの楽しみ方で女性らしさの差が露呈するねえ」

この発言、立派なセクハラだ。

だが今の私のポジションは美香の引き立て役なので、まあいいかと納得する。

「お先に失礼します」

帰ろう。支度を整えて鞄を引っ掴んだ。鞄と一緒に小さな桃色の紙袋も合わせて手に握り、早足にオフィスから逃げた。

彼氏はいません。恋人候補もいません。自分用にチョコレートを買ったのも事実。でも、誰にもなにもないとは言っていない。


こうして残業を免れて自転車で颯爽と駆け抜ける。目指すは、いつもの場所。

タイヤが小石を跳ねるたび、自転車のカゴに入った紙袋が鞄と一緒にガタガタ揺れる。断じて本命というつもりはないが、日頃お世話になっている人への義理チョコである。そう、義理。会社に捧げた義理と同じ。むしろ捧げるのは義務である。

海浜通りに出て赤い屋根を目指す。吐く息は白い。自転車で風をきっていると冷たい空気が突き刺さって寒い。でも体は温かくなる。

きい。ブレーキを握ると軋んだ音がして、喫茶店の前に自転車を停める。扉に手をかけて、止まった。ものすごく勇気がいる。一旦呼吸を整えて、思い切ってノブを掴んだ。いざ。

「こんにちは片倉さ……」

扉の向こうに広がっていた光景に、絶句した。

なんだこの人の量は。

テーブル席もカウンター席も、どこを見てもお客さんでびっしりだ。片倉さんはといえば、カウンターから出て忙しそうにお盆を抱えてくるくる動き回っている。いつものようにお客さんの話をのんびり聞いている余裕すらないようだ。普段の閑散とした店内はどこへやら、今日は満員御礼。こんな猫の木は初めて見た。

「いらっしゃいませ、マタタビさん」

猫のかぶり物がこちらを捉えた。早口になるでもなく、いたって落ち着いていた。

「お忙しそうですね」

「お陰様で。猫の手でも借りたいくらいです」

片倉さんが私を席に案内しようとすると、先に聞き覚えのある声が飛んできた。

「マタタビのお姉さん、ここ空いてるよ」

見ると、カウンター席のいちばん隅っこで、果鈴ちゃんが手を振っている。私は果鈴ちゃんの隣の空席に座った。

「なんで今日に限ってこんなに流行ってんのよ、って顔だね」

果鈴ちゃんがお気に入りのコーヒー牛乳を飲みながらにんまりした。

「ゆず兄ったらさ。もてない高校生スリーアミーゴスに頼まれて、クッキー焼いたの」

振り向くと、冴えない男子高校生三人がテーブル席を陣取っている。なんともまあ三人が三人とも、彼女がいなそうな。失礼ながらそんな第一印象を受けた。果鈴ちゃんは彼らを横目に続けた。

「せっかくだからクッキーたくさん焼いて、お客さんに配るサービスしてるんだって。お陰ですごく人が入っちゃってこの有様だよ」

「ああ、それで……。皆、片倉さんのクッキー目当てなのね」

「うん。人間、タダっていう言葉に弱いからね。それもゆず兄のクッキーなら味も保証されているし、人が集まっちゃうのも無理ないよ」

果鈴ちゃんは小二らしからぬ見解を述べてコーヒー牛乳を啜った。

テーブル席の男子高校生たちは猫型クッキーを貪《むさぼ》りながら盛り上がっていた。

「マスター、俺やっぱ予定どおりっす、マスターからしかもらえなかった！」

「母ちゃんからもらった分、俺の方がまだマシだな」

「バカ、それノーカウントだろ」

涙なしには聞けない会話だ。男性である片倉さんからの、しかもねだって用意してもらったクッキーのみだなんて。支部長のようにもてる人間もいればこんな可哀想な連中もいる。残酷だ、バレンタインは。

「ご注文はお決まりですか？」

後ろから片倉さんの声がした。思いのほか、近くにいた。

「カフェオレで」

「かしこまりました」

カウンターの内側に入っていく。かと思えばお客さんから呼ばれ、他のお客さんからも呼ばれ、またカウンターに戻る。忙しそう。これでは渡すタイミングなんかないと、紙袋を一瞥して小さくため息をつく。

果鈴ちゃんが男子高校生たちと同じ猫型クッキーをさくさくかじっている。

「今日のゆず兄もてもてだね、バラマキなんかするから。どうなるかなんて想像できたはずなのに。おバカなんだよね、あの人」

小学生にバカにされている。不憫だ。

「はい、マタタビさん。お待たせしました」

いつの間にか横に立っていたおバカが、私の前にカフェオレを差し出した。その隣には、小さな袋に包まれた猫型のクッキーが添えてある。

「僕からのバレンタインです」

先を越された。

「ありがとうございます。あの、片倉さ……」

「マスター！」

私の声に被せて、背後から甲高い声がした。女子高生が四、五人、束になっている。

「はい、チョコあげる。いつもありがとう」

「あたしからも」

わいわい詰め寄って、それぞれが片倉さんに箱やら袋やらを突き出す。片倉さんはよろめきながら猫頭を横に振った。

「すみません。お客様から受け取るわけには……」

しかしそんなことで引き下がる女子高生軍団ではない。

「堅いこと言うなよ！　マスターのお陰で私、彼氏と仲直りできたんだから」

「あたしも！」

「愛してるよマスター！」

女子高生たちはキャピキャピ騒ぎながら、拒否する片倉さんにかわいいラッピングを押しつけた。片倉さんはとうとう折れて、手いっぱいにプレゼントを抱えさせられた。

「ありがとうございます」

「じゃあねマスター、またね！」

女子高生たちが満足げに店を出ていく。片倉さんは彼女たちの後ろ姿を見送ってから、抱えたプレゼントをカウンターの向こうに隠した。

「困りましたねえ」

「もっと喜びなさいよ……女子高生ですよ？」

私はオッサンみたいなことを言いながらカフェオレに口をつけた。

「そうだぞ！　少しくらい俺たちに譲れ！」

背後の男子高校生たちが援護射撃してきた。片倉さんは小首を傾げた。

「もちろんありがたいですよ。とっても嬉しいです」

女子高生軍団にも先を越された。様子を窺う。今なら一段落しているか。

「あの、片……」

「マスターくん、こんばんは！」

私の声をかき消すかのように、また新しいお客さんが入ってきた。片倉さんが接客に向かう。仲良さげなおばちゃんたちがトリオでやってきた。

「これあげるわ！　家庭菜園で採れたお野菜。それと主人の釣った魚。あとこれチョコ。手づくりしたのよ」

「ありがとうございます」

壁に追いやられて受け取らざるを得なくなっている。片倉さんが彼女たちのチョコを受け取ると、三人ともご機嫌に笑って片倉さんの肩をばしばし叩いた。

「あんたのお陰で主人とうまくいってるわ」

「うちも円満」

「それはよかったです」

おばちゃんトリオが席に着くと、今度はお母さんに連れられた幼稚園児が入ってきて、幼稚園児からもチョコを渡されている。

「ましゅたーあげるー」

「おやおや。ありがとうございます」

「マスター！　こっちも」

呼ばれて片倉さんが振り向けば、例のもてない男子高校生三人衆が詰め寄ってきていた。

「マスターのクッキーおいしかった！　結婚して！」

「それは少し考えさせてください」

ついには男からもチョコをプレゼントされた。老若男女を問わない人気ぶりだ。アメショー支部長もまっ青だ。

「マタタビのお姉さん」

果鈴ちゃんが私の袖を引っ張った。

「さっきからなにか言いたげだね」

「あー……うん。でも片倉さん忙しそうだから、私はあとでいいの」

「遠慮しなくていいんだよ、マタタビのお姉さんだってお客さんなんだから。ゆず兄、呼べば来るよ。果鈴が呼ぼうか？」

果鈴ちゃんは両手でカップを持って、口に近づけた。

「いいのいいの。ほんとに大丈夫だから」

片倉さんは今度は中学生らしき女の子からお菓子を渡されていた。エプロンのポケットに突っこまれて戸惑っている。

「この人たちさ、片倉さんの無料配布のクッキーのために集まったんじゃないよ」

果鈴ちゃんに向かって呟く。

「片倉さんにお礼を言いたい、そういう義理のある人たちなんだと思う」

本来〝義理チョコ〟というのは、きっとそういう意味のものだ。

「それだけ人望があるんだね。町の皆から愛されて」

あの人はそういう人だ。誰にでもまんべんなく優しい。それがこういうときに返ってくるのだろう。

果鈴ちゃんはふぅんと鼻を鳴らした。

「そっかあ。まあ、本命はないようだし、ある意味、可哀想な人だよね」

子供ははっきり物を言うから残酷だ。私は苦笑いして片倉さんをフォローした。

「ほら、片倉さんってそういうものなんだよ。遊園地のマスコットみたいなものでさ、あの人は皆のものなんじゃない？」

「そうだねえ。中の人のこと気にかけてるの、マタタビのお姉さんくらいだったりして。皆ゆず兄のことマスターって呼んでるのに、マタタビのお姉さんだけ片倉さんって呼ぶよね。なんか理由があるの？」

さすが果鈴ちゃん。そんなところに気がついていたとは。

「理由なんかないよ。なんとなくだよ」

突っこまれると面倒くさそうなので適当に濁す。

果鈴ちゃんと話している間も、片倉さんは忙しそうに働いていた。あまりに忙しそうで、私の用事で声をかけるのが申し訳ないほどだ。

「……やっぱり果鈴ちゃんの力を借りようかな」

「うん？　いいよ。ゆず……」

「あ、呼ばなくていいの」

果鈴ちゃんを制して、私は桃色の紙袋を胸の高さに持ち上げた。

「お店が終わったらでいいから、これ片倉さんに渡しといてくれる？」

「ふおお」

果鈴ちゃんは感嘆しながら一旦受け取ったが、私に突き返した。

「やめた方がいいよ。ゆず兄バカだから、こういうのすごく喜んじゃうよ」

「や、義理だから」

もう一度、果鈴ちゃんに紙袋を押しつける。突き返される。

「義理でも喜んじゃうんだって。現に今、皆からいろいろもらって舞い上がってるよ」

片倉さんの方を一瞥する。とくに舞い上がっている様子はない。

「どこが？」

「わかんないかなあ。ポーカーフェイスなだけで、めちゃくちゃ喜んでるよ」

ポーカーフェイスというか、かぶり物のせいで表情がわからないのだが。

「果鈴、長い付き合いだからわかるんだけど、あの人やたら嬉しくなりやすい性格なんだよ。なんでも嬉しい方向に捉えるから」

「たしかにめちゃくちゃポジティブよね」

「そ。だからいつ会っても機嫌がいいんだもん」

果鈴ちゃんがクッキーをかじった。

「だから迂闊《うかつ》に餌を与えちゃだめなんだよ」

やはり小学生にバカにされている。

「じゃ、果鈴ちゃん、これお願いね」

再び紙袋を押し付ける。果鈴ちゃんがコーヒー牛乳を噴き出しそうになった。

「聞いてた？」

「聞いてたけど、喜んでくれるなら本望だよ」

「ふうん……勇気あるね」

果鈴ちゃんはニヤリと口角をあげた。

「ゆず兄、来月のお返し頑張っちゃうよ？　調子に乗って巨大なケーキ焼いちゃうかもよ？　バケツでパフェつくっちゃうかもよ？」

「すでにクッキーもらってるから。これは、そのお礼も兼ねて。お店も混んできたし私がいつまでもここに座ってたらお客さんが回転しないじゃない。果鈴ちゃんは、これ渡しといてくれるだけでいいから」

果鈴ちゃんの膝に紙袋を置いて、私はクッキーにかじりついた。ココアの風味がふわりと口に広がる。甘くて優しくて、しっとりしていて、幸せな気持ちになる。でも見渡せば、ほかのお客さんも皆持っている。それは私だけの特別なものではないという現実を、改めて受け止める。

果鈴ちゃんがむくれて紙袋を突き返した。

「絶対やだ。果鈴を巻きこまないでよ。あのおバカが調子に乗ったらどうすんの」

「果鈴ちゃんー……お姉さん泣いちゃう……」

めそめそとテーブルに突っ伏して悲壮感を煽《あお》る。果鈴ちゃんはため息をついた。

「しょうがないなあ……わかったよ」

嘘泣きする情けない大人なんて見るに耐えなかったのだろう。彼女はようやく首を縦に振った。泣き落としで勝利した私は、紙袋を果鈴ちゃんに手渡した。

「ありがとう。マタタビさんがよろしく言ってたよって伝えてくれればいいからね」

果鈴ちゃんに紙袋を押しつけてすぐ、私は店をあとにした。お会計の前後もお客さんが次々やってきて、片倉さんが私にまともにかまう暇などなかった。果鈴ちゃんに任せて正解だった。

帰りの自転車を漕ぎながら思う。これでよかったのだ。

他のお客さんと一緒にしないでほしいとか、ちょっとだけ特別視されたいなとか、図々しいのである。あの猫頭は町の人から愛されるマスコット的な存在であり、ひとり占めしてはいけないものだったのだ。

二月の風が容赦なく突き刺さる。海から来る風が冷たすぎて、立ち漕ぎになって帰り道を急いだ。

見知らぬ番号から電話がきたのは、その数時間後のことであった。

のんびりテレビを観ていたリラックスタイムを、携帯のけたたましい着信音が邪魔をする。登録のない番号だったので無視しようかとも思ったが、そのときはなんとなく、応答したい気分だった。

「もしもし」

寝転がっていたせいで異様に低い声が出た。電話の相手は軽やかに言った。

「こんばんは」

聞き覚えのある声だ。

「こんばんは」

とりあえず返事をしてみる。誰だったかな。

投げだしていた足にニャー助が擦り寄ってきた。にゃーんと鳴いて甘えたそいつの顔を見て、ハッとなった。

「片倉さん？」

「あ、携帯からかけたの、初めてでしたね」

楽しげに笑っている。私はおもわず姿勢を正して、早口に喋った。

「そうですよ、最初にくれた連絡先はお店の番号だったし」

携帯のアドレスなんかも知らなくて、ニャー助の写真を送ることすらできなかった。電話をしているということは、今はかぶり物を外しているということか、などといらないことを考える。

「どうしたんですか、電話なんて」

本題に入る。もしかして、果鈴ちゃんが渡してくれたであろう紙袋のお礼をわざわざ言うためなのだろうか。片倉さんはくすくすと苦笑した。

「お忘れ物です。これ、今日じゃないとまずいんじゃないですか」

ニャー助と顔を見あわせた。なにか忘れただろうか。

考えていると、片倉さんは痺れを切らして諦めたような口調で答えを教えてくれた。

「果鈴が覚えてたんです。この紙袋、マタタビのお姉さんが大事そうに持ってたーって」

あいつ！　私のことづてを忘れたとは思えない。絶対わざとだ。

片倉さんは楽しげな口調で続けた。

「意外です。マタタビさんともあろう方が偉大なる司祭の処刑日に浮かれトンチキとは」

「私だって女の子ですー。イベント事には乗っかるんですー。っていうか、究極の浮かれトンチキに言われたくありません」

見えない片倉さんにむくれる。片倉さんはふふふと笑って、ふいに真面目な声になった。

「そんな大切なものをお忘れになって、慌てていたのでは？」

「ぜんぜん。慌ててないですよ」

私は小学生に諭されてしまったようだ。

自分のことなんだから自分で始末をつけろと。果鈴ちゃんからのメッセージだろう。

「それ、あなたに持っていったものなので」

さらっと言ったつもりだ。若干語尾が震えた気がするが、さらっと言えたはずだ。

一瞬、沈黙が流れた。

「ん？」

片倉さんが微かに声を発した。もう一度言わなきゃならないらしい。

「ですから、あなたに持っていったんです。受け取ってください」

「なんと」

ナチュラルに驚いている。本当にバレンタインに興味のない女だと思われていたようだ。

慌てて付け足す。

「義理ですからね！　ほら、日頃お世話になってるし、今日もクッキーいただいたし、ニャー助のこととか、いろいろ、そういう義理ですから。私は義理堅い人間なんです」

「あはは、大丈夫。わかってますよ。ありがとうございます」

彼の声のトーンは、普段喫茶店で聞くのとまったく同じだった。

「なら、いいんです」

返した私の声は、自分でも驚くくらいか弱く消えかけていた。

「ほんとは」

声が掠れる。このまま消えてしまいそうだ。

「面と向かってちゃんと伝えたいことが、たくさんありました」

片倉さんが忙しそうだなんて自分に言い訳をして、向きあって話すことから逃げただけ。

「電話越しでならなんとか話せそうなんですが……いいでしょうか」

「ええ、どうぞ。聞かせてください」

片倉さんは冷静に構えた。私は膝を抱き寄せた。ニャー助が前足を額に擦りつけて顔を洗っている。

「その紙袋の中身、見てもらってもいいですか」

「開けていいんですか？」

「開けてください」

ぱりぱり。紙の擦れる音がする。うわあ、と片倉さんのふわふわした感嘆が聞こえた。

「かわいい。猫さんだ」

雑貨屋で見つけたニャー助似の猫の置物。喜んでいただけただろうか。

「最初はチョコレートにするつもりだったんですけど、お菓子であなたに勝てるわけがないので、アレルギーの出ないニャー助です。なかなか連れていけてないですしね」

「ニャー助そっくりですね。すごくかわいいです」

かわいいをしきりに繰り返す彼に、不覚にも和んでしまう。

「ねえ片倉さん、初めて会った日のこと、覚えてますか」

「もちろん。傷心のマタタビさんが泣き崩れて来たんですよね」

私も、その日を思い出しながら続けた。

「一昨日、おいしいチョコレートを探したんです。この時期は高いチョコがたくさん出回るので、ひと通り食べてみて、いちばんおいしいのをあなたに贈りたいと思ってました」

擦り寄るニャー助を撫でながら、ぽつぽつ言葉を繋げた。

「でもどうしても、いちばんが見つからないんです。私が今まで食べたチョコでいちばんおいしかったチョコを、超えるのが見つからないんです」

片倉さんは黙って聞いていた。

「あの日片倉さんからもらったチョコを超えるチョコが、どこにもないんです」

甘くて、優しくて、とろけそうな、あの日のチョコレートが、忘れられない。

「やっぱり、お菓子であなたに勝てるわけがない。だからって、そんな置物ひとつで伝えられる気持ちでもないんです。でも言葉にしようとしてもどう表現したらいいのかわからない。感謝なのかなんなのか、自分でもよくわからないんです。とにかく、どうしようもない気持ちがあふれて、止まらない」

電話口にひたすら、思いつく言葉を叩きこんだ。

片倉さんは黙っている。私も、そこで声を詰まらせた。ものすごく恥ずかしいことを言っている自分に、いい加減我慢できなくなった。

「と、ニャー助が!!　申しております!!」

こちらをきょとんと見ていたニャー助に全責任を押しつけた。

「そう、それはニャー助からです！　ニャー助が片倉さん大好きだって！　主人がお世話になってますと！　お礼がしたいからその俺の分身をあげるニャン！　だそうです！　半分くらいは、私からですけど」

ニャー助の首をわさわさ撫でながら必死に我を保つ。電話越しだからといって調子に乗って喋りすぎた。恥ずかしくておかしくなりそうだ。

片倉さんはまだ黙っていたが、やがて真面目な声で言った。

「いやあ……電話でよかった。もしこの場にいたら、危うく抱きしめるところでした」

心臓が止まるかと思った。

「ニャー助がこの場にいたらもう……離さないな僕……」

ああ、ニャー助をね……。いや、このパターンにもいい加減慣れろ、私。

「びっくりさせないでくださいよ」

一瞬でもどきっとした自分に苦笑する。片倉さんも、あははと軽快に笑った。

「だって、マタタビさんをぎゅっとしたら鬱陶しがるでしょ？」

「へ⁉」

耳を疑った。でも、たしかに入ってきた言葉が心臓がどきんとはねさせる。

「ぎゅってしても怒られないのは、腰を痛めたときくらいでしょう」

なんのつもりなのか、電話越しの猫男は淡々とした口調でくだらないことを言っている。

「その冗談……ぜんぜん面白くないですからね！」

「ふふふ。はいはい。すみませんでした」

どこまでふざけているつもりなのかまったくわからなかったが、彼はそう言うとふうと息をついた。

「ニャー助の分身、ありがとうございます。明日からお店に飾ります」

「うん、よかったです、気に入ってもらえて」

「おやすみなさい」

「はい、おやすみなさい」

ぴ、と通話の切れる音がした。

しばらく、耳に電話をくっつけたまま呼吸をするのを忘れていた。隣に座っていたニャー助を抱き寄せて、大きく深呼吸した。顔が熱い。

なにを考えているのかわからない人だ。冗談のつもりなのか、私をからかって面白がっているのか、それとも。

悶々と考えながら、おもわずニャー助をぎゅっと抱きしめた。苦しかったのか、にゃーと胸の中で鳴かれた。

今夜は眠れそうにない。

# Episode 9・猫男、晒す。

「噂で聞いたんだけど、雨宮支部長、四月から転勤だって」

美香が私にその話を振ってきたのは、昼休み、パスタランチ中のことだった。

初耳だ。あのアメショーが、転勤なんて。

「知らなかった。どこに？」

「本社だって。本社の営業部長にご栄転だよ」

美香はセットのサラダをさくさくフォークに突き刺しながらアンニュイなため息をついた。

「寂しすぎる……。私、支部長大好きだったのに」

「ああうん、バレンタインにチョコ渡してたりね」

「うん、こう見えてかなり本気だったの。本当に好きだった」

それも初耳だった。てっきりアイドル感覚で気に入っているだけのものだと思っていたのだが、こんな間近でオフィスラブが勃発していたとは。

「今のうちに告白しちゃえば？」

あまり興味がなかったが、とりあえず促しておく。美香は上目遣いに私を睨んだ。

「簡単に言うけどさあ。そんな勇気ないよ」

そうか、そうだよね。

「うん、ごめん。でもさ、そのまんまにしとくのもどうかって思って」

「夏梅はいいよね、転勤のチャンスがあるから」

スープを口に運んでいたスプーンが止まった。

「そうなの？」

「あれ？　本人知らないの？　まあ私も又聞きの情報だけど」

美香は丸めたレタスを口に放りこんだ。

「あんたがこっちの支社に飛ばされてるのはちょっとした反省期間なんだってさ。だからあんたの出方次第でまた本社に戻れるかもしれない、みたいなこと聞いたよ」

知らなかった。ずっとここに残るものと思っていた。ちがったのか。そうか、また本社に。

美香がうう、と唸った。

「私も本社に異動できたらなあ……支部長追いかけて本社行きたいよ」

目的が色恋なのは疑問だが、熱意は伝わった。

「追いかけたいほど好きだったんだ」

美香は黙って頷いた。切ない眼差しがサラダを見つめている。美香の憂い顔を見ていると、こちらまで切なくなってくる。こんなとき、片倉さんならなんて言うだろう。

「ねえ美香……前に猫が嫌いって言ってたけど」

「は？」

美香が目を丸くして顔をあげた。

「なんで、今急に猫の話？」

「今も猫、嫌い？」

「嫌い」

ぴしゃっと言い切られた。

「毛むくじゃらだし。なんか生理的にだめなんだよね」

ああ、じゃあだめだ。

「なに、夏梅……。なんで猫の話？」

美香が怪訝な顔でこちらを覗きこんできた。私は笑って誤魔化した。

「なんでもないよ」

猫が苦手となると、あの店は向かない。


会社からの帰り道、自転車で走りながら思い出した。ニャー助のご飯がそろそろない。買って帰らなくては。その足で喫茶店に寄り道して、片倉さんに美香のことを相談しよう。

いつもと少しだけルートを変えて、商店街のあるとくに賑わうエリアに入った。あさぎ商店街は自宅アパートから会社に向かう海浜通りと繋がる、この町でいちばん人気《ひとけ》のある場所である。とはいっても、やはり過疎化の進んだ小さな港町。賑わいに欠けて寂れきっている。

みすぼらしい外観の店が軒を連ねているが、どこもちゃんと営業していてまばらに人が入っている。時刻は夕方六時、この静かな町にしては賑わっている時間帯だ。そんな小さな店が多い中、ひとつだけやや大きめの面積を持っているのが、『スーパーマーケットあさぎ』である。わりとなんでも手に入るので、この町で暮らすには重宝すると、美香から教わって以来、私も常連である。

店内に入ってペット用品のコーナーへ足を運ぶ。キャットフードの種類も豊富だ。猫缶や猫ミルク、おもちゃなんかも揃っている。中に見覚えのある猫じゃらしがある。以前片倉さんからもらった猫じゃらしだ。片倉さんもここで買い物をしているらしい。料理の材料もきっと、このスーパーで仕入れるのだろう。

少し、辺りを見渡してみる。三十路そこその男が前を横切ったが、片倉さんとは体型がぜんぜんちがった。仮にこの店内に片倉さんがいたとしても、私には見つけられないだろう。なんせ奴は、外にいるときはかぶり物を被っていないのだ。猫頭ではない片倉さんなんて見破る自信がない。

キャットフードと自分用のインスタント麺を買って、店をあとにした。向かいの惣菜屋から揚げたてのコロッケの匂いがする。

「ありがとうございました！」

惣菜屋のおばさんの明るい声。私は自転車のスタンドを蹴りつつ、惣菜屋の方を一瞥した。コロッケを購入したらしい青年が、ちょうどこちらを振り向いた瞬間だった。

さらさらの黒髪の若い男で、白いワイシャツにスラックス、ネクタイは締めていない。

どこかで会ったことがある気がする。不思議な感覚で、顔はよく見たことがないくせに、雰囲気に覚えがあるというか。

「あ」

目が合うと、男が小さく声を発した。相手もこちらに反応を示したということは。

「あの、どこかでお会いしましたよね」

思い切って尋ねてみる。

「いや……そんなことは。マタタビさんなんて知らな……」

そこまで言ってから、男はハッと息をのんだ。

あれ、今……。

マタタビさんって言った？

「あ！　もしかして」

私が叫ぶと、彼はびくっと肩を跳ねさせた。

「わ、わあぁ！」

そして全力疾走で逃げ出す。買ったばかりのコロッケを惣菜屋のカウンターに置き去りにしている。

「ちょっと！」

惣菜屋のおばさんが叫んだ。

「困っちゃう。コロッケ置いていっちゃったわ」

「私、届けます。たぶん知ってる人なので」

私は置いてけぼりのコロッケの袋を引っ摑んで、自転車に飛び乗った。

「お願いね！」

おばさんの声に見送られながら漕ぎだす。

中途半端に人出のある商店街では自転車は不利である。先程の男性は動きづらそうな格好をしていたくせに、やたらと逃げ足が速い。自転車をふらふら走らせて追いかけたが、努力も虚しく彼は狭い路地へと消えてしまった。

「すみません！　これ忘れてますよ」

路地を覗きこんで叫ぶ。聞こえなかったらしく、男性の後ろ姿が角を曲がる。道が狭くて自転車で入るのは不可能ではないが面倒くさそうだ。路地に入るのは諦めて、商店街のメインストリートに戻った。

見失った。が、彼がどこに逃げたのかは大体見当がつく。私の予想が当たっていれば。

持っていたコロッケの袋を自転車のカゴに入れ、海浜通りに向かってタイヤを転がした。

案の定だ。海浜通りの歩道をとぼとぼ歩く男性をあっさり発見した。白いワイシャツにスラックス、さらさらの黒髪が潮風に撫でられて揺れている。先程の青年にまちがいない。

自転車を降りて、そろそろと歩いて後ろからついていく。迂闊に声をかけると逃げられそうなので、まずは本当に〝奴〟なのか、確認することにした。

背後から観察してみると、ますます似ている気がしてくる。身長、体つき、年齢も予測される辺りと大体同じ頃だ。纏っている雰囲気もなんとなく合っている。いよいよ確信に変わってきた。

「すみません」

声をかけてみる。青年が振り返り、そのまま一瞬硬直した。

「逃げないでください、とって食ったりしません」

先に止めておく。彼は立ち止まったまま目を泳がせた。私は一歩、青年に詰め寄った。

「片倉さん」

青年が一歩下がった。

「え、えっと」

私はまた一歩、詰め寄った。

「片倉さんですよね」

青年はあとずさった。

「片倉さんじゃありません」

私が詰め寄る。

「え……それ、しらばっくれてるつもりですか？」

青年が再びあとずさる。

「片倉さんじゃありません」

「いや片倉さんでしょ！　いいですよ嘘つかなくて！」

「ちがいます！　ちがうんですすマタタビさん」

「またマタタビさんって言ったし」

なんでそんなに頑なに否定するんだ。匿名にこだわっているのは知っているが、そろそろ諦めてもいいだろう。

「すみません、先を急ぐんで！」

青年は再び、全速力で駆けだした。

「あっ！　こら逃げるな！」

自転車に跨がって追いかける。この際、片倉さんであることを認めなくてもいいから、せめてコロッケだけは渡さなくては。

海浜通りをまっすぐ走ると、潮風の匂いがしていつもの帰り道に合流した。少し先に喫茶店が見える。逃げ足の速い青年は慣れた足取りで駆け抜けていく。が、こちらは自転車なので追いつきそうだ。

「待ってくださ……」

言いかけて、言葉が止まった。

片倉さんと思しき青年は、あろうことか喫茶店に逃げ込んだのだ。これでは自ら正体を認めたようなものではないか。

「片倉さん！」

私も自転車を投げるように停めて、喫茶店に転がりこんだ。

「片倉さん待って……」

「いらっしゃいませ」

いつもの穏やかな声がした。

あれ？

思考が止まる。片倉さんは普段どおり猫のかぶり物を被って、カウンターの向こうでコーヒーを温めていた。

「早着替えですか？」

「ん？　どうなさいました、マタタビさん」

落ち着きはらっている。先程の挙動不審な様子はまったくない。

「被っただけでそんなに人格が変わ……」

途中で気がついて、語尾が消えた。視界の端に、窓際のテーブル席に突っ伏すサラリーマンが目に入ったのだ。さらさらの黒髪、白ワイシャツにスラックス。ぜいぜい荒い息をあげて肩を震わせている。

「あ！」

そうだ、この人。どこかで見たことがあると思ったら、この喫茶店でよくこの席に座ってお茶しているサラリーマンだ。

「ごめんなさい、本当に片倉さんじゃなかったんですね」

近づくと、サラリーマンの青年はよろりと顔をあげた。

「わかっていただけましたか……？」

どうりで見覚えがあるわけだ。顔をきちんと見たことはなかったが、週三くらいで視界に入れていた人だった。たまたま背格好と声が片倉さんに似ていたせいで錯覚を起こした。よく考えたら片倉さんが出来合いのコロッケを買うとは考えにくい。自分で揚げていそうだ。

「なんだか面白いことになっていたようですね」

片倉さんがお冷を運んでくると、青年は片倉さんの猫頭を見上げて嘆いた。

「最悪ですよ、マスター。お惣菜屋さんにコロッケを忘れた」

「コロッケならここにあります」

ずいっとコロッケを青年に突きつけると、彼は目を剝いた。

「持ってきてくれたんですか」

「そうよ。持ってきてあげたのに、あなたが逃げたんです」

「す、すみません。だって追いかけてくるから」

青年は上目遣いに私を見上げながらコロッケを受け取った。

「それより、私が話しかけたとき、なんで知らないふりしたんですか」

私は彼の向かいの椅子に腰を下ろした。青年がびくっと縮こまる。片倉さんはふふ、と着ぐるみの中で笑ってからカウンターの方へ戻っていった。青年が目を泳がせる。

「いや……その。深い意味はないんですけど」

「なに？」

「俺、いつもここに座ってるでしょ」

テーブルをとん、と指さす。たしかに彼はこの席が気に入っているようで、見るたびにここにいた気がする。

「ここにいると、マタタビさんとマスターの会話が聞こえてくるんです。だから俺は一方的にマタタビさんのこと知ってて」

「はあ」

「でも、マタタビさんは俺のこと空気だと思ってるんだろうから……一方的に知ってると、なんかストーカーみたいで気持ち悪いかなって思ったんです」

「そ、そんなこと思わないですよ⁉」

取り立てて存在を意識していなかったこの青年が私のことを見ていたのは驚きだったが。

「じつはいつもマタタビさんとマスターのやりとりに耳を傾けて楽しんでたんです。ラジオ聞いてるみたいな感覚で」

青年がくすっと笑った。

「いっつも面白い会話してるでしょ？　妙に哲学的だったり、かと思えば本当にどうでもいいような話だったり。会話に参加してないくせに、ここでひっそり聞いてたんです」

ニヤニヤしながら言って、ハッと私を見てまた目を背ける。

「すみません、気持ち悪いですよね！」

「気にしないでよ、聞こえるような声でごちゃごちゃ喋ってたのは私の方なんだから」

青年はまた、ちらとだけこちらを見てそろりとお冷を飲んだ。

「言ってみれば、俺はマタタビさんのファンなんです。うまく言えないですけど、そんな感じ。とにかく、動揺して逃げ出したりしてすみませんでした」

青年がぺこりと頭を下げた。

「なんだ。そういうことなら話しかけてくれればよかったのに」

苦笑すると、彼もへへ、と照れ笑いした。

「人見知りなんです。でもあなたがそう言ってくれるなら、お話ししてもいいですか？」

「うん。私もしょっちゅう来てるから」

結局、片倉さんの中の人を見ることはできなかったけれど、この人と話ができたことはちょっと嬉しい。

「あなたは片倉さんとお喋りしに来てるんじゃないんですね」

「ええ……会社で使う資料の整理とか、ちょっとゆっくりしたいときに利用させてもらってます。もちろんマスターとお話し、してみたいんですけど……」

青年がカウンターの方に視線を投げた。片倉さんはなにやら作業しているが、ここからではよく見えない。

「皆さん、マスターに恋愛相談とか人生相談をしてらっしゃいますよね。俺もじつは聞いてほしいことが……」

「ならこの席じゃだめですよ。カウンター席に、ほら！」

私は椅子から立ち上がって手招きした。座り慣れたカウンター席に腰掛け、青年に隣に来るよう促す。

「片倉さん！　いつものコーヒーください、あったかいの」

「俺は……俺もいつもの、ブレンドで」

青年が座りながら注文した。

「かしこまりました」

片倉さんは上機嫌で準備を始めた。慣れない席に緊張しているのか、青年の頬が赤い。

「あの、マスター。聞いてほしいことがあるんですけど」

たどたどしく切り出す。片倉さんは異様に耳がいいので先程の青年の呟きも聞こえていたことだろう。

「僕でよろしければ、うかがいましょう」

「じつは……気になる女性がいるんです」

青年がぽつぽつ話しだす。私は彼の横顔を眺めていた。

「でも俺、勇気がなくて近づけなくて、今日初めて会話を交わしました」

見た感じ、彼は相当なシャイだ。青年は震える声で続けた。

「マスターって誰からもすぐ相談事されてますけど、どうやって人の心を摑んでるんですか？」

「かぶり物効果でしょうねえ」

片倉さんが即答した。たしかに、テーマパークのマスコットに中の人を気にせずしがみついたりできるのと同じで、片倉さんをマスコット的に捉えているから話せるという人も少なからずいる。

「ですが、あなたが同じものを被ってしまうとマタタビさんがいよいよ区別してくれなくなります」

「そうですね、この町に猫頭はひとりで十分です」

見分けがつかないのもそうだが、いろんな意味でひとりで十分だ。

「僕とてかなりの人見知りですので、ちょうどいいアドバイスはできかねますが」

片倉さんはそう前置きして、カウンターにコーヒーを差し出した。

「僕が猫と友達になるときの方法を伝授しましょう」

気になる女性と話したいのが彼のそもそもの相談だというのに、この人ときたら猫とのコミュニケーションの取り方を説明しはじめた。

「まず目線の高さを合わせて挨拶します。じっと目を見つめると猫さんは睨まれたと勘ちがいしてしまうので、ゆっくりと瞬きしてこちらの仲良くなりたい意思を伝えます」

「瞬きで合図するということは、かぶり物を被ってない前提ですね？」

思わずストップをかける。

「もちろんです。これを被ってるとニャー助ほど肝が座っていない限り全力疾走で逃げられます」

私には一切素顔を見せないのに、猫には惜しみなく晒すというのか。

「まあいいや、続けてください」

「猫の喧嘩は睨みあいから始まりますので、うっかり目を見すぎて喧嘩を売らないようご注意を。猫さんがこちらに興味を持ったら、このように指を擦りあわせます」

片倉さんが右手をひょこっとこちらに出して、親指でほかの指の腹を擦った。カサカサ、と静かな音がした。

「猫さんはこの音に反応して近寄ってきます。あとはタイミングをはかって、その手を差し出す。すると猫さんは顔を擦りつけてきます」

そうやって猫と友達になれる片倉さんはかなり特殊なのかもしれないが、一応猫のなんらかの習性に基づいているのだろう。

「そこまできたらもう、怖がらせないようにそっと撫で回します。こちらが欲望剥き出しにしてひっくり返したり肉球を集中攻撃したりしては逃げられますので、あくまで猫さんの警戒心を刺激しないようにしてですね……ふう。かわいい」

猫と戯れた記憶がよみがえっているのだろう。無表情のかぶり物の中でニヤニヤがだだ洩れしているにちがいない。なんの話をしてるんだかと冷ややかな目をして片倉さんを眺めていると、隣から真面目な声がした。

「わかりました。同じ目線に立って、相手を思いやって尊重し、かつ自分の気持ちを伝えていくと……」

青年が真顔で要点を繰り返した。片倉さんは小さく頷いた。

「そうですねえ。人間同士でしたら会話というツールがあるので、より正確に意思を伝えることができます。まあ、それが却ってややこしいから、うまくいかないんですけどね」

私はそんなふたりを見て、ぽかんと口を半開きにしていた。片倉さんの表現は、回りくどい。回りくどいが納得し、私も付け加えた。

「人間は猫ほど本能のままに生きていないから、個性も見極めなきゃならないですよね。慎重になりすぎると痺れを切らしてどっか行っちゃう人もいるんだから」

「そ……それはときどき大胆になれということですか」

「逃げられない程度にね？」

それだけ言って、私は荷物を手に持って立ち上がった。

「コーヒー、ごちそうさまです。私、ニャー助待たせてるのでそろそろ失礼しますね」

「あ、あの」

青年が私を見上げた。

「また、お話ししてくださいね」

「うん」

彼に手を振って、その日は店をあとにした。


翌日のお昼休み、私はエレベーターの中でぼうっと美香のことを考えていた。結局、昨日は片倉さんに相談し損ねた。好きな人にうまく想いを伝えられないのは、あのサラリーマンも美香も同じなのかもしれない。

「あ、美香!」

エレベーターを降りた先で美香と遭遇した。

「ちょうどよかった、これからお昼?」

「うん。一緒に行こうか」

美香のお気に入りのカフェに向かう。道々で美香が切り出した。

「あのさ。この間の、支部長の件だけど」

美香の方から切り出してきた。

「あのとき夏梅、そのまんまにしとくのもどうかと思うって言ったでしょ。そう言われて、たしかにそうだなって思ってさ」

告白しちゃえば、なんて安易に言ったことを思い出した。そのことを片倉さんに相談しようとしていて、なんだかんだ言い出せずにいた。

「夏梅の言うとおりだなって思ったの。だから勇気出して食事に誘ったんだ」

美香のお気に入りの店が見えてくる。

私が片倉さんに相談する前に、美香は行動に移していた。積極的な彼女らしい選択だ。

「それでさ。言いたいことを仄《ほの》めかしてはみたんだけど」

「うん、どうだったの？」

「私のことをそういうふうに見たことはない、ってさ」

「……そっか」

生憎《あいにく》な結果である。告白を安易に促した私のせいだろうか。部外者が軽い気持ちで口出ししてはいけないことだったのか。

「ごめんね美香」

「あはは、なんで夏梅が謝るの」

美香はへらりと口角をあげた。

なんだかな。私が軽口を叩かなければ、こんな悲しそうな笑顔をつくらなくて済んだのに。胸にどんより黒い雲がかかる。

こんなとき、片倉さんならなんて言うだろう。

店の扉を開けて、席に着く。美香は慣れた口調で、いつもの、と店員に注文した。私も同じものを注文する。

まだ胸の中には黒いもやが渦巻いていた。片倉さんならなんて言うだろう。

片倉さんなら？

いや、私なら。有浦夏梅ではなくて、マタタビさんなら、なんて言う？

「美香」

私はテーブルを挟んで向かいあった美香をまっすぐ見つめた。

「失恋がなんだ。そのくらいで落ちこんじゃだめだよ」

美香がじろっと上目遣いに睨んできた。

「傷心の私にそういうこと言うんだ？　さてはあんた、失恋の痛みをわかってないでしょ」

「そうじゃなくてさ。あんたの気持ちはそんなもんかってこと」

店員がお冷を運んできた。口論だと思ったのか、気まずそうな顔をしてそそくさと逃げていく。

「そういうふうに見たことはない、って言われただけなんでしょ？　今までは、って話よね、これからはわからないじゃない。少なくとも、今回声かけたことで意識は傾いたはず。美香がさらにいい女になれば、支部長なんかそのうち勝手に泣きついてくるわよ」

美香はきょとんと目を丸くした。

「夏梅って、そういうこと言えるんだ」

「言えるよ。なに、私が真剣に考えてないとでも思ってた？」

氷が浮かんだお冷を手に取り、口に含んだ。美香は私を見つめながら、真顔で言った。

「そっか……まあ、いつまでもめそめそしてたらせっかくの美人が台無しか」

美香はいつもどおりの鬱陶しい笑顔を浮かべた。

「よし！　引き続き女を磨くぞ。そのためにも、ときめく恋バナでもしようよ、夏梅」

元気になった、というか、もとの美香に戻ったというか。

「支部長のなにがかっこいいかっていうとね」

辟易《へきえき》する私を無視して、美香は熱く語りはじめた。


「お疲れですね、マタタビさん」

仕事帰りに立ち寄った喫茶店で、片倉さんにあっさり見透かされた。

「わかります？」

「だだ洩れです」

ご機嫌を直した美香に、しめたとばかりに恋愛トークを聞かされ続けた。失恋のショックで落ちこんでいる美香の方がしおらしくてよかったかもしれない。

ふいに、窓際の席に座るサラリーマンに気がつく。コロッケの人だ。私はいつものカウンター席につかず、彼の方へと歩み寄った。

「相席してもいいですか？」

サラリーマンの青年はびくっと私を見上げ、それから頬を染めて頷いた。

「あっ……マタタビさん。ど、どうぞ」

私は彼と向かいあって椅子に腰を下ろした。

「その後どうですか？　意中の女性とは。お近づきになれました？」

お節介に尋ねると、彼は眉をハの字にしてはにかんだ。

「うーん、ちょっとだけ。でも、気持ちを伝えるのはやめようと思います」

「え、諦めちゃうんですか？　もったいない」

「もったいなくないですよ。彼女の価値観を尊重したら、そうなったんです」

青年がコーヒーの水面に視線を落とした。

「明るくてあっさりしてて、なんにも考えてなさそうで、でも本当はいろんなこと抱えて乗り越えてる彼女のことを」

青年は、そこで一旦言葉を切った。黒い瞳がじっとコーヒーカップを見つめる。

「彼女のことを……放っておけないんです」

「……はあ」

それだけ想っているのに、どうして想いを伝えないのだろう。きょとんとする私に、彼は慌てて付け足した。

「や、ですから。ああいうタイプはああ見えていろんなこと我慢してるから、俺がなにか力になってあげられたらなって……」

だんだんと語尾を弱め、静かに下を向いた。

「逆に俺、彼女によく助けられてるんです。あの人がちょっと凹んでやって来て、俺じゃない人に話して、元気出して、次に行こうとする前向きな姿勢に」

青年が頬を緩ませた。私はほう、と相槌を打った。

「そうですね。励ましてるつもりが、気がつくとこっちが元気をもらってる。そういう不思議な方ってときどきいますよね」

「変な話、俺はその、別の人と話してるときのあの人が好きなんです。それを定位置から眺めていられればいいんです」

「へえ、変わってる。そばにいたいんじゃないんですね」

「もちろん、そばにもいたいですけど」

青年はぽつぽつと言葉を選んだ。

「大好きな人が嬉しそうなのが嬉しい。ただそれを、俺が嬉しくさせてあげられるかどうか、ってことです」

青年がへらりと自嘲的に笑い、それからちらと、カウンターの向こうの片倉さんに目をやった。

「と、マスターに話したら、マスターがこんな話を教えてくれたんです」

私も片倉さんの方を見た。なにか作業しているようだが、ここからでは手元は見えない。

青年はゆっくり切り出した。

「マスターのご友人の話です。彼には恋人の女性がいたそうで、彼女のことをとても愛していました。女性も、彼を愛し尽くしていたそうです」

私は黙って聞いていた。

「しかし女性には、ご両親の決めた許嫁《いいなづけ》がいました」

静かだ。私も片倉さんも言葉を発しないこの空間で、青年の声だけが妙に響く。

「女性は自分に許嫁がいようと、たとえ二度と実家に帰れなくなってでも、彼といることを望んだ。このまま一緒に遠くへ逃げよう、と彼に相談したそうです」

はあ、と私は掠れた声を発した。コーヒーの白い湯気が、青年と私の間を通り抜けている。

「ですが、彼は彼女を突き放しました。それでは君の今後の人生に負担がかかる、それに許嫁はいいお家《うち》のお金持ちだと。親の決めた結婚の方が、安定は約束されてるんだから、って」

「え……」

「女性は涙しました。これほど私は愛してるのに、と彼を責め立てました。そのとき彼は、彼女を愛したことを酷く後悔したそうです。この人の『特別』になってしまったこと、そしてその人を、自分の『特別』にしてしまったこと」

青年が静かに語る。

「誰かを特別愛してしまうと、こういうことになってしまうものかと。彼は後悔しながらも、大切だった女性を手放しました」

青年は噛みしめるように言い、それからゆっくりと瞬きして、また口を開いた。

「その後、街中でその女性の姿を見たそうです。かわいい双子を連れて幸せそうに笑ってた。彼は安心しました。あのときの自分の選択はまちがいではなかったようだと」

「そんな……それでよかったんですか」

私は揺らぐコーヒーの湯気に消えそうな声で呟いた。青年は乾いた笑いを零した。

「よかったらしいですよ？　彼女が幸せなら、それで」

「そう……ですか」

「そして自身は楽しようと決めたそうです。特別にならないように、できるだけ匿名の、背景にいるだけの存在になってしまえば、大切な人の涙を見ずに済む」

「そこまで諦めたんですか。そんなのきれい事なんじゃないですか」

私はもはや呆れたというようにため息をついた。青年が苦笑いする。

「俺もそう思いました。なんでそんなに大切な人を放してしまったんだって。なんてバカな奴だって思いました」

そして彼は自嘲的に目を伏せた。

「でも冷静に考えてみたら、俺もこの、マスターのご友人の気持ちがちょっとわかるんですよね。好きな人の心の拠《よ》り所は自分じゃなくて、自分は背景の人間だ、って」

ぐ、と心臓が苦しくなった。青年の言葉が切なくて、そんな顔をしてほしくなくて、私は震える声で窘めた。

「そんなこと言わないでくださいよ……」

「マスターがこの話をしたのも、きっと俺にそんなご友人の二の舞になるなって言いたかったんだってわかってます。だけどなんだか、妙に納得してしまって……」

困ったように笑って小首を傾げる彼に、私はかける言葉を思いつかなかった。

「俺もあの人が幸せならそれがいちばんいい。だから」

青年は呼吸を整え、意を決したように目をあげた。

「だから、幸せになってくださいね」

「……え？」

思考が止まった。目をぱちぱちさせる私に青年はまた微笑みかけ、それから清々しく立ち上がった。

「マスター、ごちそうさまでした。また来ます」

「お待ちしております」

片倉さんが会釈する。青年は立ち止まった。

「確認ですけれど、先日のお話の『マスターのご友人』は、現在どちらでなにをなさってるんですか？」

「さあ」

「もしかして海辺の町で喫茶店を営んでるとか」

青年がニヤリと笑う。片倉さんは、ふふ、と微かに空気を揺らした。

「かたじけない。作り話です」

片倉さんの答えに青年は苦笑し、店を出ていった。私はまだ呆然としていた。

青年の言葉が頭の中を反復する。幸せになってくださいと、まるで私に言ったみたいな、あの眼差し。いや、それは自意識過剰だろうか。

頬が少し火照る。少しひとりで頭を冷やして、それから席を立った。いつもの、カウンター席へと移動する。

「片倉さんのご友人、ネガティブですね」

「あのお客様の意中の女性、鈍感ですね」

言葉尻を真似て返された。

「コーヒー、いただけますか」

「かしこまりました」

片倉さんがコーヒーを注ぐ。豊かな香りを漂わせる黒い雫を、私は眺めていた。

「気持ちを伝えるとか伝えないとか伝わらないとか、皆そんなようなこと言ってるなあ」

そうぼやくと、片倉さんはコーヒーを差し出しつつ頷いた。

「春は出会いと別れの季節だからでしょうか」

「そっか、もう春か」

コーヒーを啜り、壁のカレンダーを一瞥する。菜の花畑の子猫が三月の訪れを告げていた。アメショー支部長も、もうすぐ転勤か。

「どんなに遠くに離れても」

片倉さんが私の前に、小皿を差し出した。

「気持ちというのは、繋がっているのかもしれませんね」

小皿に乗っていたのは金塊型の茶色いフィナンシェだった。チョコレートの香りがする。

「試作品です。それ、コーヒーに合うんです。よかったら召し上がってください」

「うわあ、おいしそうですね。いただきます」

ひと口かじる。瞬間、おもわず目を見開いた。

「ええ⁉　すっごくおいしい。なにこれ」

甘くて柔らかくて、どこか胸がきゅんとする。こんなフィナンシェは初めて食べた。片倉さんはカップを磨きはじめた。

「マタタビさんからお褒めのお言葉をいただいた誇り高きチョコレートを使ってつくりました。お気に召していただけたなら司祭の処刑日の一か月後の祭典はこちらを仕上げてご用意させていただきます」

「クッキーももらってて、これまでいただけるんですか。ほんっと甘やかしますね」

「僕からの、気持ちです」

……どういう意味よ。

あまり考えると心臓が変になりそうなので、バカらしい猫頭から視線を外した。

「太れってことですか」

「ふふ。それも面白いですね」

片倉さんは淡々とカップを拭いている。

「気持ちを伝えるというのは、難しいものですねえ」

きゅ、きゅ。カップがきれいに磨きあがった。艶めくカップを置いて、ほかのカップを手に取る。私は彼の動作を眺めながら、もうひと口、フィナンシェをかじった。

最初にチョコレートをもらったあの日ほど落ちこんではいないけれど、この甘さがきゅんっと体中を巡って、透明な陶酔感をもたらしていく。

「……大丈夫ですよ、意外と伝わってるんで」

「ん？」

片倉さんが手を止めて、不思議そうに私を見た。私はまた目線をフィナンシェに戻した。

「なんでもないです、気にしないでください」

コーヒーを口に含んで、誤魔化す。

片倉さんは、ふふっと微かに笑って、それ以上なにも突っこんではこなかった。

# Episode 10・猫男、叱られる。

「外の桜すごくきれいでしたね！　見ましたか？」

あるよく晴れた土曜のことである。私は夕食がてらいつもの席で片倉さんに話しかけた。

窓から春の柔らかい夕陽が差しこんでいる。片倉さんはその陽射しを浴びて猫のかぶり物をよりふんわり見せていた。

「見ました。桜並木がもうすぐ満開ですね」

商店街の外れに桜並木の道がある。海に向かって伸びる川沿いに、桜がびっしり並んでいるのだ。

「満開のときに並木の下を散歩すると、気持ちいいですよ」

さすがは片倉さん、プライベートのレジャーも癒し系だ。

「しかしマタタビさん、浮かない顔ですね」

彼は目敏《めざと》く気がついた。

「桜はきれいなんだけど……会社の花見が億劫《おっくう》でならないです」

がっくり項垂《うなだ》れると、片倉さんは苦笑いした。

「おやおや。お花見なさるんですか。風流ですね」

「そんな雅《みやび》なもんじゃありませんよ……。なにが悲しくて朝から場所取りして野外でオッサンと酒を酌み交わさなければならないのか」

「まあまあそう言わずに。ちょっと我慢してたらすぐに終わりますよ」

片倉さんはまるで注射を嫌がる子供を宥《なだ》めるかのように言った。私は項垂れたまま、ため息をついた。

「雨が降ったら中止らしいですけど」

「そうですか。ふむ……」

片倉さんが窓の外の光をちらと見た。

「雨が降ってしまったら、桜が散ってしまいますね」

「それはもったいないですね」

私は陽射しを浴びてほんわり光っている猫頭を一瞥した。

「満開の桜並木の散歩、今年はするんですか」

「その予定です。予報では雨はしばらく降らないようですから」

心臓の前で拳を握って、呼吸を整えた。声を出そうとして、躊躇して、もう一呼吸置く。

私も、一緒に行ってもいいですか。そう切り出すのに、ものすごく勇気がいる。

プライベートの片倉さんに、ついて行ってみたい。どんな服装をするのかとか、どんな話をするのかとか。かぶり物は……外すのかな。とか。気になることが多すぎる。

言い出したくて言い出せなくて悶々としているうちに、私の鞄で携帯がけたたましい着信音を鳴らした。

「わっ！　すみません、ちょっと失礼します」

片倉さんに言ってから携帯を取り出す。母からメールだ。

「ああ、母から近況報告……最近、転職したらしくて、喋りたいみたいですね」

今じゃなくてもよさそうなメールである。

「介護の仕事だって」

「介護ですか。このご時世に必要とされるすばらしいお仕事ではありませんか」

片倉さんがコーヒーの豆を挽きはじめながらふふっと笑った。私は苦笑しつつ母からのやたらと長い文章をスクロールした。

「そのうち自分がされる側になっちゃう年齢ですよ。ええと、地元にある老人ホームの、『つきとじの家』ってところで働いてるみたいです」

「え？」

片倉さんの動きがぴたりと止まった。

「ん？　どうかしました？」

「いえ、なんでも」

再び自然に豆を挽きはじめる。あきらかになにか反応したようだったが、こういうときしつこく尋ねても教えてくれないことは目に見えているので、無理に聞きだすのはやめた。

窓の光が弱くなってきた。

「認知症ってどんな感じなんだろう」

メールの中の老人ホームという文字に視線を落とす。

「いろんなことがわからなくなっちゃうのって、寂しいのかな。それすらわからなくなっちゃうのかな……」

「どうなんでしょうねえ」

片倉さんがゆっくり言った。

「ご本人もその周りの人間も、いろいろな感情が交錯するのでしょうね」

なにか思うことでもあるのだろうか。妙に重々しい口調に聞こえた。

外の光が薄暗くなっているし、ぼちぼち帰ろうかと立ち上がった。

「それじゃ片倉さん、私はこれで……」

しかし、扉を開けて絶句した。見計らったかのように土砂降りの雨に見舞われたのだ。

「え!?　さっきまであんなに天気よかったのに！」

暗かったのは雲の厚みのせいだったのか。片倉さんもカウンターから扉の外を覗いた。

「天気予報が外れてしまいましたね……。通り雨でしょうし、不都合でなければここで雨宿りなさっていってください」

「そうします」

座っていた席に戻る。片倉さんは引き続き作業を始めた。私は彼を見上げて呟いた。

「桜、散っちゃいますね」

「そうですねえ。残念です」

満開の桜並木を散歩する計画は遂行できそうにない。

「もったいないなあ、満開を待たずに散っちゃうなんて」

「桜は儚《はかな》く散るからこそ美しい。これもひとつの形なのかもしれませんね」

片倉さんは残念なくせに、感情の籠《こも》らない口調で言った。


〝先生〟が訪ねてきたのは、その日の閉店一時間前であった。

「お前、片倉か？」

喫茶店を訪ねてきた茶色いスーツの老紳士は、穏やかな笑顔を見せていた。傘をたたみ、裾の濡れたジャケットを翻して入ってくる。片倉さんは彼を見て、ぴたりと手を止めた。

「橘《たちばな》先生……」

「覚えてたか！」

老紳士がにこっと笑って、カウンターの定位置に座る私の隣の席に腰掛けた。

「いやあ、そんなの被ってるから誰だかわからなかったぞ」

顔が見えないのに、声だけでわかったのだろうか。それに、名前まで。

片倉さんが老紳士に笑いかけた。

「ふふ。お久しぶりですね」

「あれからだから、四年ぶり？　五年ぶりになるか？　まあいいわ、顔見せてくれよ」

「それは時間外に。それより、雨の中歩いて来られたんですか、タオルをご用意しますの

「降られちまったよ。まあ、ピークは越えたからそろそろやむだろうな」

和やかに会話に花を咲かせる両者を、私はきょとんと眺めていた。片倉さんは乾いたタオルを老紳士に差し出しながら、私の方に猫頭を向けた。

「マタタビさん、紹介します。僕の学生時代の恩師の、橘先生です」

先生！　そうか、片倉さんにも学生時代があるのか。浮世離れした外見のせいか、なんとなくミスマッチな単語な気がして驚いた。

「はじめまして、有浦と申します」

ぺこりと会釈すると、橘さんはにこにこと優しく笑って返した。

「はじめまして。片倉が悪さしてたら止めてやってくれな」

「先生……僕ももう、そんなにやんちゃじゃありませんよ」

片倉さんはコーヒーをドリップしながら橘さんを一瞥した。

「先生は今どちらにお住まいなんですか」

「教師を引退してからは実家のある東北で静かに暮らしてるよ。今日は旅行だ」

「いいですねえ。第二の人生」

「趣味で小説なんか書きはじめたりな。ネタに詰まったんでお前に会いに来たんだがな」

「そうだったんですか。どうです、なにか閃きましたか？」

「雨には降られるし、おまけにお前は変なもん被りやがって、却って混乱した！」

橘さんはゆっくり椅子から立ち上がると、片倉さんの猫頭をぐりぐり掻き回した。取れそうになったが、片倉さんが両手で押さえて阻止した。

橘さんの手が離れると、片倉さんはスッとコーヒーを差し出した。

「先生のお気に入りの、エスプレッソです」

「わかってるねえ」

橘さんは満足げに頷いた。

「この香り。懐かしいな。完全に栗原の味を再現したな」

橘さんがご機嫌にコーヒーの香りを嗅いでいる。

「栗原さんって……先代マスターでしたっけ。ええと、甘栗おじさん」

言うと、橘さんは私の方に向き直った。

「ああ、栗原は私と古い友達なんだ」

「橘先生は、僕がバイトを探してぷらぷらしてたところ、この喫茶店を紹介してくれた恩人なんです」

片倉さんが付け足した。

「高校を出てひとりでこの町に来たとき、偶然、橘先生もこちらに引っ越ししてて。こっちの町に知り合いの栗原さんがいるから、頼るといいって連れていってくれたんです」

なるほど、だから顔が見えないこの猫男を片倉さんだと判断できたのか。となると、片倉さんは十八歳くらいからここにいるということになる。大学生か専門学校生、といった頃だろう。橘先生はコーヒーを啜って続けた。

「栗原はこの店をひとりで切り盛りしてて、バイトなんか雇わない奴だったが、俺が連れてきた片倉を気に入って雇ったんだよ」

「気に入られたなんてとんでもない。先生のコネでようやく雇ってもらえたんです」

片倉さんのそれは謙遜だったのか事実だったのか、私には知る由《よし》もなかった。以前、片倉さんから先代を恐れていたようなことを聞いていたので、先代のことは興味深い。

「先代と片倉さんの関係、どんな感じだったんですか」

橘さんはコーヒーをまたひと口啜ってこたえた。

「栗原がとにかく頑固！　この喫茶店も、奴のルールで回ってたな。扱《しご》かれてたな、片倉」

ニヤリと笑われて、片倉さんは乾いた笑い声を零していた。やはりどうも怖い思いをしたようだ。橘さんはニヤニヤしながら立ち上がった。

「ちっちゃいことでどやされて、それに驚いてコーヒー零して二次災害……なんて日常茶飯事だったよなあ」

「先生……あんまり恥ずかしい話を暴露しないでください」

片倉さんが珍しくばつが悪そうな反応をしている。これは面白い。

「へえ。他にも聞かせてください」

「そうだな、こいつがここに来たばかりの頃な……」

「先生」

片倉さんが静かに制した。橘さんはからから笑って、片倉さんの肩にぽんと手を乗せた。

「とにかく、こいつのコーヒーの淹れ方も料理の腕も、全部先代に仕込まれたもんだ」

先代のお陰で私は今の片倉さんのおいしいコーヒーや料理にあやかれているのだ。片倉さんが苦笑いを零す。

「もちろん感謝してますよ、栗原さんには」

「はは。でも怖かったんだろ」

橘さんが片倉さんの肩に乗せていた手を離して、椅子に戻った。

「そういや栗原は今どうしてんだ。認知症で仕事ができなくなって、ここを引退して介護施設に入ったよな」

「え、そうなんですか？」

私はふたりをキョロキョロ見た。栗原さんの話題は何度か聞いていたが、認知症だったのは初耳だ。橘さんは私に向かって頷いた。

「ああ。それもちょうど四、五年前だな。それから元気にしてんのか？」

再び片倉さんに目線を送る。

「さあ……」

片倉さんがぼそ、と零すと、橘さんは低い声で返した。

「あ？　会ってねえのか」

片倉さんは咳払いして誤魔化した。が、誤魔化せていなかった。

「会ってないんだな？」

「ええ、まあ……。会ってはいませんが、今も変わらず介護施設にいるそうですよ」

他人事のように彼は言った。

「介護なあ。俺らもそういう歳なんだなあ」

橘さんが白髪の頭を掻いた。片倉さんはちらと私の方に顔を向けた。

「つきとじの家という施設だそうです。偶然にも、こちらのマタタビさ……じゃなくて、有浦さんのお母様のお仕事場なんですよ」

「ええ⁉　そうだったんですか！」

先程片倉さんが示した反応は、それゆえだったのか。片倉さんは不思議そうに頷いている。

「すごいですねえ。これも因果というものでしょうか」

「そっかあ。お母さんに連絡してみよっかな。元気かどうかくらいは教えてくれるかな」

携帯を見ながら言うと、片倉さんは軽やかに笑った。

「どうでしょうねえ。じつは今朝、栗原さんから手紙が届きまして。『死にそうだ』って」

「は⁉」

「あ⁉」

私と橘さんの叫びは、ぴったり同時だった。

「どうでしょうねえじゃないですよ！　死にそうって……あんたなんでここにいるんです

か！　会いに行ってあげてくださいよ！」

「そうだぞお前、バカじゃねえのか」

同時に責め立てられて、片倉さんはびくっと後ろに下がった。

「ええまあ……たしかに手紙は来てたけど、ほら、お店開けなきゃならないし」

「言い訳をするな！　そんなもん臨時休業でもなんでもすればいいじゃないですか！」

ばんっとテーブルを叩くと、片倉さんはまあまあと手をひらひらさせた。

「やあ、死にそうって言っても、手紙を書いてる余裕があるんだからそこまで深刻に死にそうなわけじゃないと思うんですよね」

「そういう問題じゃねえのはわかるか？」

橘さんがギロリと低い声を出した。

「行け。今すぐ行け」

「いやいや、まだ閉める時間じゃありませんし」

片倉さんが半笑いで誤魔化す。私はカップに残っていたコーヒーを飲み干した。

「ごちそうさまです！　これでお客さんは橘さんだけです。ほらもうさっさと閉めて今すぐ向かってください」

「んー、でも……最近疎遠にしてましたし、いきなり行っても迷惑でしょ」

片倉さんはまだごねた。

「向こうから手紙が来てるんでしょ？　相手からアプローチがあるのに、いきなりもなにもあるもんですか」

論破してやる。片倉さんはまだ、行かない理由を考えていた。

「しかしですね。雨も降ってることですし」

橘先生も、コーヒーを一気に飲み干した。

「雨はもうそろそろやむだろ。俺も今日は宿の都合でついて行ってやれねえが、お前だけでも行ってやれ。お前に会いたがってるんだろ、奴が店を譲った、お前に。あいつはお前のことを認めてるんだ」

「だから」

片倉さんが、やや語気を強めた。

「だから。だめなんです」

「なにがだめなんだよ」

橘さんがじろっと睨む。片倉さんは猫頭を俯かせた。

「すみません、マタタビさんの言うとおり全部言い訳です。僕はただ、あの人に会う資格がない」

「まさか、まだあのこと気にしてんのか?」

橘さんが真剣な目で猫頭を覗きこんだ。

なんだろうか。どうも彼が頑なに拒むのにも理由があるらしい。

「あんなの栗原のいつもの毒舌だろ」

「しかしですね……」

渋る片倉さんを一睨みして、橘さんが私の方を振り向いた。

「そうだ有浦さん。あんたのお母さんがその老人ホームで働いてるんだよな。片倉の奴、心細いみてえだからよ。お母さんに顔見せるついでに一緒に行ってやってくれねえか」

橘さんの提案を聞いて、片倉さんが少し顔をあげたが、私は首を縦には振らなかった。

「だめです。私がついて行くと、この人そのかぶり物外しません」

ぴ、と彼のかぶり物を指さした。栗原さんは、この人に会いたいのだ。死にそうな人に顔を見せに行くというのに、私がいたら意地でも外さないだろう。

片倉さんが渋っている。私は飲み終わったカップに視線を落としながら、聞いた。

「片倉さん、会いたくないんですか？」

どうしてこんなに拒むのか、その理由は私は知らないけれど。

「あなたが会いたくなくても、会いに行ってあげてください。栗原さんは、死にそうなんです」

わざわざ手紙を寄越してくるほどだ。認知症だったとしても、片倉さんに会いたいのだ。

片倉さんはようやく決心を決めたように頷くと、重い腰をあげた。

「まだ少し早いですが、お店を閉めさせていただきます。申し訳ありません」

片倉さんが店を出ていった。仕草は落ち着いていたけれど、やけにてきぱきとした素早い動きだった。開いた扉の向こうは、先程の土砂降りが嘘だったかのように晴れ渡っていた。私と橘さんは、店の外で片倉さんの後ろ姿を見送る。

「有浦さんの言うことなら聞くんだな」

橘さんがぼそりと言った。

聞こえなかったふりをした。橘さんはため息混じりに続ける。

「お前の代わりなんかいくらでもいる」

突然の毒舌にぎょっとして橘さんを振り向くと、彼はニヤ、と口角をつりあげた。

「四、五年くらい前だな。片倉が栗原に言われた言葉だよ」

私に言ったのかと思ったが、ちがったようだ。安堵と同時に、違和感を感じる。

「代わりがいくらでもいるなんて……栗原さんて、片倉さんしか雇わなかったくらい片倉さんのこと認めてたんじゃないんですか？」

「そのはずなんだがなあ。なんかある日、些細なことがきっかけで大喧嘩して、そんなこと言ったらしいんだわ」

雨上がりの空がよく乾いている。春の夕陽がテラス席をほんのりオレンジ色に染めていた。橘さんはやれやれと呟きながら、その椅子に腰を下ろした。

「『お前の技術は俺が仕込んだもので、お前のものじゃない。たとえお前がいなくなったとしても、別の奴にでも同じ能力は仕込めるんだ』ってな」

思わず顔を顰《しか》めた。それは傷つく。いくら仏の片倉さんでも、頭に来たにちがいない。

「挙句の果てに邪魔だ出ていけとどやされて、殴られたらしい」

「片倉さんはその場で言い返したりしたんですか？」

「たとえ『くたばれクソジジイ』と思っても言わないのが片倉だ。見てればわかるだろ」

橘さんはからからと乾いた笑い声をあげた。橘さんの言うとおり、片倉さんがそういう怒り方をしたところを見たことがない。

「そうでなくても、日頃から頑固で気難しい栗原の性格に耐えて、何年も辛抱強くくっついて仕事してたんだ。そこへきてそんなこと言われて、引っぱたかれてお冷ぶっかけられて、片倉の奴はだいぶ落ちこんでた」

おそらく当時の片倉さんから聞いたのだろう、橘さんは彼に同情した口調で語った。それにしても、あんまりな仕打ちだ。

「だからあの、のほほんとした片倉でも栗原には苦手意識があるみたいだ。当時、ちょうど彼女ともいろいろあって凹んでた時期だったし」

一瞬、コロッケのサラリーマンから聞いた片倉さんの友人の『作り話』を思い出した。もしかしたらあれは作り話なんかではなくて、サラリーマンの青年が問いかけたとおり片倉さん本人の話だったのかも、などと考えたが、橘さんに聞くことではないので突っこまないことにした。

「そりゃあ落ちこみますよ。よく仕事辞めなかったですね」

私もテラス席の椅子に座る。パラソルのお陰で、椅子とテーブルはほとんど濡れていなかった。橘さんはテーブルに肘をついた。

「いや、辞めようとはしてたみたいなんだけどな。俺の紹介だった手前、うまく辞められなかったんだな。辞めたそうではあったけど、俺には辞めたいなんて言わなかった」

ああ……片倉さんらしい。

「だがその大喧嘩を経て、片倉はついに片倉史上最凶の反逆をおかした」

橘さんがキリッと眉をあげた。

「あの片倉さんが反逆⁉」

「そうだ。なんと十日連続で有給休暇をとったんだ」

なんと。片倉さんのくせにそんなことができたのか。でも無断欠勤ではないところが片倉さんらしい。驚く私を満足げに見ながら、橘さんはさらに続けた。

「自分がいなくて本当に大丈夫なのか確かめようとしたのか、単に困らせたかったのかは本人でないとわからない。どちらにせよ、それが負の連鎖をさらに悪化させた」

「どうなったんです」

「片倉を失った栗原の、認知症が加速したんだ」

橘さんは重々しく声を低くした。

「思えば、片倉にむごい仕打ちをしたのだって、あの頃からすでに少しずつ症状が出はじめてたからなんだ。そうでなきゃ、いくら栗原でもそんな真似はしないはずだった」

ざあ、と風が吹いた。テラスのパラソルが揺れる。

「症状が著しくなった栗原は、当然仕事の手際が悪くなった。遅いしまちがえるし逆ギレするし、挙句、自分から追い出したのに『柚季はどこだ』って騒ぐんだ」

なんて痛々しい。無性に切なくなって、ぎゅうと拳を握った。

「さすがにまずいと思った片倉が様子を見に来たら、栗原の奴、今度は店の全部を片倉に押しつけたんだ。自分はもう施設に入ることにするから、あとは任せたって。ノウハウがあるのは片倉だけだったからな。でも、当時の店の名前を名乗るなとも言った」

そんな、無茶苦茶だ。認知症だったのだから、仕方ないのかもしれないけれど。

「当時の店名は『喫茶 栗の木』だ。片倉は素直に店を譲り受けて、言われたとおり店の名前も一文字変えたんだな」

『喫茶 猫の木』。その由来がそんなところにあったなんて、考えもしなかった。

片倉さんはどんな気持ちでこの仕事を続けているのだろう。他にやりたいことがあったかもしれないのに、半ば強引に押しつけられて。

「辞めたそうにしてた時点で辞めてたら、あいつの人生はちがってたかもしれない。俺もひと言、『辞めていいよ』って言ってやればよかったんだが」

橘さんは皺《しわ》の多い顔をもっとくしゃっと歪めて苦笑いした。

「栗原が俺に自慢するからよ。片倉がのみこみが早くて真面目で客からも好評で、将棋《しょうぎ》なんかもやらせたら日に日にうまくなるって」

「ええ⁉」

先程の話とはあまりにちがう。口をあんぐりさせていると、橘さんはその反応に納得した顔で頷いた。

「本人がいないところではべた褒めだよ。栗原も本心で片倉をだめだと思ってるわけじゃない。だから俺も、頑張らせたかったんだ。栗原から片倉を奪うのも可哀想だったしな。もう自分の息子みたいに溺愛してたからなあ。果鈴ちゃんが来たときなんか孫ができたみたいに喜んでた。あいつ、自分に子供がいねえからな」

究極のあまのじゃくだ。

「片倉がそのことを知ったのは、栗原が施設に入ったあとだった。奴は真面目だから、栗原の認知症が一気に進んだのが自分のせいだと思って責任感じてやがる」

栗原さんに会わない言い訳を繰り返していた理由が、ようやくわかった。苦手だから会いたくないのではない。合わせる顔がないと思っていたのだろう。

「でも……実の息子のようにかわいがってたんですよね」

「ああ。だから有浦さんの言うとおり、栗原の方は会いたいだろうなあ」

橘さんが遠い目をした。

「栗原が施設に入って片倉がひとりで喫茶店を営みはじめた頃、俺も転勤だったりなんだったりでこの喫茶店から離れてた。片倉がいつからあんなかぶり物をし始めたのかは俺も知らないが……」

これは私の憶測だが、片倉さんが匿名であることにこだわる理由はそこにある気がした。

代わりがいると言われて、自分でなくてもいいと、そういう気持ちから顔を隠しているのかもしれない。

事務室に飾ってあった栗原さんの写真を思い出す。それはきっと、片倉さんの自分への戒《いまし》めであって、育ててくれた栗原さんへの尊敬の念の現れなのかもしれない。

「片倉さんって、そんなに覚悟を持ってここのマスターやってたんですね……。好きに生きてるとか言ってたくせに」

人の痛みがわかるのは、栗原さんから受けた傷に由来している。同時に、栗原さんに叩き込まれた料理の腕やコーヒーを淹れる技術、そして店を愛する心をそのまま受け継いで、今の『喫茶 猫の木』と片倉さんがある。きっとそういうことなのだ。私にはそのかけらしか見せてくれないけれど。

「無事に再会できるといいですね。死にそうとおっしゃってたのが気に掛かるけど……」

言うと、橘さんはニヤリと笑った。

「その前に、片倉が尻尾巻いてバックレなければの話だけどな。死にそうって連絡が来てるのに背中押されないと行けないような奴だ。びびってることはびびってんだろうから」

それから橘さんは、さてと、と呟いて椅子から立ち上がった。

「長々とジジイの思い出話に付き合わせて悪かったな。俺もそろそろ行くとする」

「いえ、ありがとうございました。すごく貴重なお話を」

私も立ち上がって、お辞儀した。本人からは絶対に聞けない話だった。栗原さんだけでなく、この人もきっと、片倉さんの今の人格を形成した大きな要因のひとつなのだろう。

　橘さんは、また私と目を合わせた。

「ここに来たお陰でインスピレーションがわいた」

「そういえば、小説を書いてらっしゃるんでしたね」

「縁側ジジイの拙い趣味だがな。帰ったらまた新作を書こう。タイトルは、そうだな」

　橘さんがニッと笑った。

「『喫茶猫の木物語』なんてどうだ」

「あはは、そのまんまですね」

　つまんなそう。

「じゃあな、片倉のことよろしく頼むぞ」

　橘さんはジャケットを翻して踵を返した。

「あいつは真面目すぎて見てられん。バカなことをしはじめたら、止めてやってくれな」

　手をひらひらさせながら、海の方へ向かって歩いていく。白髪の後ろ頭が小さくなっていく。粋《いき》なおじいちゃんだ。水溜まりに乾いた夕空の桃色がかったオレンジ色が映っている。私も、橘さんとは逆方向に向かって歩きだした。

　帰りに桜並木のある土手に立ち寄った。案の定、桜の花びらは雨に叩き落とされて、満開を待っていた木々はほっそりやせ細っていた。

「あーあ……」

声に出して呟く。ついに言い出せなかった。片倉さんのスローライフな休日にお供させてもらう、そんなささやかな願望。桜が散って会社の花見はおそらく見送られるだろうが、その代わりに飲み会をセッティングさせられることは予想できる。散歩は、別の機会に差し替えることはできないのに。

「桜は儚く散るからこそ美しい」

片倉さんが言っていた言葉を呟いてみる。

「これもひとつの形なのかもしれません、ね……」

私が言うと、安っぽく聞こえる。片倉さんのこの言葉には、なんらかの意味があったにちがいない。

終わってしまったことへのどうしようもないやるせなさ。あと戻りできなくて進むしかない、そんな複雑な思いが、そういう言葉になったのかもしれない。なんて、余計なことを考えてみる。

雫で煌めく桜の木を見上げる。ひらり。濡れた花びらが一枚、落ちた。くるくる揺らめきながら、川の方へ飛んでいく。私はぼんやりとその花弁の行く末を眺めていた。

ひらり、ひらり。花弁が飛ばされていくその先に、私はおもわず息をのんだ。

少し増水した川が、桜色に染まっている。

落ちた花弁が水面に広がって、白い絨毯のように一面を埋め尽くしているのだ。

モードの片倉さんを観察しよう。そうしよう。

よし。白い川に向かって、気合を入れる。来年こそ、満開の桜を見よう。プライベート

思い。その先はかならずしも、悲しい色でばかりではなくて。

桜は儚く散るからこそ美しい。どうしようもないやるせなさ、あと戻りできない複雑な

ひとり言が春の風にさらわれる。一枚、また一枚、花びらが川に向かって落ちていく。

「きれい」

その日の夜、寝る前に久しぶりに私の方から母に電話した。

「どうしたん。元気に独《ひと》りしてるけ？」

久々に聞いた地元の方言が電話口から流れてくる。

「元気に独りしてるよ。お母さんの新しい職場はどうかなと思って電話した」

「そう、その職場のことで夏梅に報告があるんだけんど」

母はご機嫌な様子で語りはじめた。

「今日な、職場に夏梅の知り合いが来ただじゃ。夏梅さんのお母様ですかーって」

誰のことかはすぐにわかった。どうやらバックレずに会いに行ったようだ。

「どう、その人、会いたい人には無事に会えた？」

お節介に尋ねると、母はふふふっと笑った。

「よう仲良く将棋さしとったさ」

「え⁉　どこが死にそうなの⁉」

思わず叫ぶと、母は余計に楽しそうに笑った。

「退屈すぎて死にそうっちゅう話だや」

「なんだあ。よかった。じゃあ元気なんだね、栗原さん」

大袈裟に言ってでも片倉さんに会いたかったのだろう。ふたりが無事に再会できて、本当によかった。

母は嬉しそうに続けた。

「栗原さんね、頑固で気難しい人だもんで、ほかの入居者や私たちに壁をつくっとっただよ。だけえが、そのお兄ちゃん来たら、えらいご機嫌になってなあ」

母は咳払いして、私の聞いたことのない栗原さんの喋り方を真似した。

「『将棋で俺と対等に戦えるのはお前しかいない。お前の代わりなんか、どこを探してもいないんだ』って」

「……そっか」

不覚にも、涙腺が緩んだ。よかったね、片倉さん。

「師弟関係みたいに言っとったなあ。本当の息子さんかと思ったらちがうんね」

母はいつもの声に戻って不思議そうに言った。

「似てない親子かと思ったに」

母のあどけない感想に、涙が出そうになる。ノコノコ歩いてきたニャー助を抱きしめて、堪えた。

「そのお兄ちゃん、わざわざご丁寧に私に挨拶しにきただよ。『夏梅さんのお陰でここに来ることができました』って。あんたなにしたん?」

片倉さんは大袈裟だなあ。

「なにもしてないよ。それよりさ」

つい、姿勢を正した。

「その人、どんな顔してた?」

「へ? あんたの知り合いら?」

「うん、知り合いなんだけど。かぶり物被ってなかったでしょ」

「かぶり物? なんのことさね」

母は貴重なものを目の当たりにしていることを知らないのだ。

「ねえ、どんな人だった? 私のこと本当に夏梅さんって呼んだの?」

「呼んどったよ? いや、だから知り合いなんしょ?」

「知り合いだけど知らないのよ。似てる芸能人とかいる? 似てる動物でもいい」

「ええ? 会ったことあるんよね?」

ニャー助を抱いた胸に本気で誓った。

来年の桜を待つことはない。近いうちにあのかぶり物を剥いでやろう。

# Episode 11・猫男、走る。

「嬉しいお知らせだよ、有浦さん」

支部長が私を会議室に呼びつけたのは、とある五月の麗かな陽気の日だった。

アメショー支部長が東京本社に転勤して早一か月。新しく配属された新支部長は、クールな印象の強面の男である。なんとなく、落ち着きはらった大型犬を彷彿とさせる人物だ。

「ここ一年、有浦さんはこの町のこの支社に異動となって、苦労もあっただろうけど地道に頑張ったそうだな」

　大型犬支部長が机に肘をつく。

「そこで朗報。有浦さんには、本社に戻ってもらうことになった」

　耳から入ったその台詞が脳に届くまでに、かなり時間を要した。

「先日、本社から連絡があった。もともとこの一年は反省期間というか、ここでおとなしく頑張ったから、もう戻してもらえることになったんだよ」

「ああ、ええ、はい」

　間抜けな返事をする。支部長の強面が満足げにニッと笑った。

「よかったな」

「はい、ありがとうございます」

返した声は、ずいぶん力が抜けてひょろひょろした音になった。

そうか、あれからもうすぐ一年。

帰り道の夕焼け空を見上げながら思う。そういえば初めてこちらの支社に来た日も、帰りはこんな夕焼けだった。クヨクヨ泣いて、偶然見つけた喫茶店に入って、片倉さんと知りあった。あれから、一年か。

海沿いを自転車で駆け抜け、途中でキッとブレーキをかける。アスファルトで舗装された、防波堤に沿った道。たしか、ニャー助と出会ったのはこの辺だった。少し目をあげた先に、いつもの喫茶店がある。赤い屋根が夕日を浴びて、きれいなのになんでこんなに寂しげに見えるのだろう。

いつものようにお茶をしようかと、一瞬は考えた。しかしその日は、お店の横をまっすぐ通りすぎた。

片倉さんになんて言おう。

東京本社に戻ることになりました、今までお世話になりました。客と店主でしかない私たちの間柄なら、それだけ伝えれば十分なのかもしれないが。

今日はどうしても、喫茶店に立ち寄る気にはなれなかった。

「ただいまーニャー助」

玄関で靴を脱ぎながら、名前を呼んだ。会社帰りに喫茶店でお茶してから、アパートに帰る。それがいつもの流れだった。今日は喫茶店には寄り道していないけれど、ここでニャー助が出迎えてくれるのが日常だ。

「いつもひとりにさせちゃってごめんね。今日は特別なおやつ開けようか」

ニャー助が喜ぶおやつを買っておいたはずだ。片倉さんおすすめのヘルシーでおいしい、猫の健康と嗜好の両方を満たす猫缶である。

仕事をして家に帰って、ニャー助と戯れる。今日もそんなありふれた日常のはずだった。

「……ニャー助？」

気配がない。

「え？　なんでお出迎えしてくれないの？」

狭い部屋を覗きこむ。いつもなら、玄関口で丸くなって私を待っていて、帰ってきた私の足に擦り寄ってくるのに。今日は姿が見えない。さては押し入れで寝ているな。

「ニャー助？　ニャー助？　どこ？」

押し入れを開けても、いない。クローゼットの中、テーブルの下、キャットタワーについたベッドの中。どこを覗いても、見慣れた縞模様がない。

「ニャーす……」

ふわり。風が髪を撫でた。

あれ？　室内なのに、風？

振り向いて、目が飛び出た。窓が開いている。

猫なら自由に出ていけてしまう幅が開いて、生温かい風を部屋に侵入させていた。

薄暗くなった空で雲が揺れる。波の音が微かに聞こえる。猫の姿は、どこにもない。

アパートを飛び出し、片倉さんに貰った猫じゃらしをちらつかせながら叫んだ。

「ニャー助！　出ていっちゃったの⁉　帰ってきて！」

「ニャー助！」

呼んでも来ない。アパート近辺にいないのを確認して、海辺の道に向かって歩きだす。見渡しても、ニャー助らしき姿はない。

どうしよう。とにかく、片倉さんに連絡しないと。慌てて携帯を取り出して、坂を下りながらコールする。まだお店にいるはずだ。店の番号にかけると、片倉さんはすぐに応答した。

「はい、喫茶猫の……」

「どうしよう片倉さん！　私とんでもないことを！」

言い終わる前に叫ぶ。彼はすぐに私だとわかったらしく落ち着いた声で返した。

「どうなさいました」

「ニャー助が……窓から脱走してしまいました」

会社での出来事のせいで喫茶店に立ち寄らなかったことも忘れて、私は片倉さんにニャー助のことだけを慌てて喋った。

「私が窓を開けっ放しにして会社になんか行ったから！　どうしましょう、ごめんなさい」

「ふむ……ニャー助がいない、ですか」

電話越しの片倉さんは、珍しく低く真剣な声だった。

「本当にすみません。私が窓を開けたばっかりに、逃がしてしまって」

迂闊だった。朝、窓を開けたことすら覚えていない。どうしてそんな軽率な行動をとったのかわからない。

片倉さんはまたいつもの柔和な声に戻った。

「落ち着いてください、大丈夫ですよ。猫ですし、縄張り意識があるからそう遠くには行ってないと思います。そのうち帰ってきますよ」

片倉さんの落ち着いた声を聞いていると、少しだけ安心する。

「近くにいるかもしれないけど……どうしよう、車に跳ねられたり、他の猫と喧嘩したりしてたら！」

落ち着いて冷静になればなるほど、嫌な考えが浮かんでまた冷静さを欠いていく。

「不届き者に石投げられたり……毒とか、盛られたりしたら」

涙声になった。歩く速度が落ちていく。ニャー助にもしものことがあったら、私は。

「もういてもたってもいられなくて、捜しに出たんですが……アパートの近くにはいないみたいなんです」

「大丈夫、ですよ」

そう言う片倉さんの声は、少し沈んでいた。

「片倉さん、今どこにいますか」

「店の掃除をしていました」

「ニャー助、そっちに行ってないですか？」

尋ねると片倉さんは少し時間を置いて、答えた。

「来ていませんね」

片倉さんに会いにいってしまったわけでもないようだ。

「来るかもしれませんので、僕もこの辺りを捜してみます。マタタビさんは、見つからなくてもあまり遅くならないうちに引き上げてくださいね」

こんなときまで、私の心配をしている。

「怒ってくれていいんですよ」

私は震える声を絞り出した。

「責任持って預かるって言ったくせに、なに逃がしてんだって。飼い主として最低だって、私を叱責してくれていいのに」

「そんなこと、思ってませんよ」

「ごめんなさい、片倉さん」

「謝らないでください、きっと帰ってきますから。落ち着いて行動してくださいね。失礼します」

電話が切れた。立ち止まって、暗くなった携帯の画面を見た。片倉さんの声のピッチが、少し早口だった。感情のこもらない声で、淡々と早口になっていた。焦っているにちがいない。

「ニャー助！」

また、名前を叫んだ。誰もいない海浜通りに、自分の声が反響して、消える。

時刻は午後八時。街灯の少ない海浜通りはまっ暗だった。暗くてニャー助を捜しにくい。

「ニャー助お願い、帰ってきて」

声が掠れて、消えかけた。十分弱、ニャー助の名前を呼びながら歩くと、喫茶店が見えてきた。ここまで歩いてきて、まだ見つからない。喫茶店の窓を見ると、灯りはついていなかった。片倉さんはもうここにはいないらしい。

ニャー助と初めて会ったのはこの喫茶店の近くだった。この辺まで縄張りなのだろう。

空き地の草むらに足を入れる。

「ニャー助」

耳のいいニャー助なら、私の声は聞こえているのだろうか。

「お願い。戻ってきて」

猫のニャー助には、人の言葉がわからない。私の悲痛な叫びなんて、理解できないだろう。立ち止まると、手に持っていた猫じゃらしが風に揺れた。片倉さんがニャー助にと、買って与えてくれたものだ。

私の不注意のせいでニャー助がいなくなってしまった。ニャー助がいないうえに、これでさらに片倉さんにまで嫌われてしまったら、私はどうしたらいいのだろう。

泣きそうになった。ぐ、と唾を飲みこんで堪える。

春の夜の少し冷えた、半端な気温が私を包む。生ぬるい風が草むらを撫でている。草むらの中にしゃがんでニャー助を捜し回っても、彼の姿はなかった。あの子の行きそうなところはどこだろう。まったく見当もつかない。アパートの部屋にいるときのニャー助が行く場所は大体決まっているけれど、外の縄張りのことなんか考えたこともなかった。

「ニャー助……」

お願いだから、出てきて。これから東京に戻されるのに、ニャー助に見捨てられて、片倉さんとも気まずいなんて、そんな後味の悪いお別れは絶対に嫌だ。

ふと、携帯が鳴った。画面を見て、また泣きそうになった。

「片倉さん……」

すぐに応答すると、電話越しの彼は、少し息を切らしていた。

「ニャー助は見つかりましたか」

「いいえ、いないです」

「僕も捜してますが、見当たりません」

心配してくれている。私のではない、ニャー助のだ。

「もう暗いですから……マタタビさんは、この辺で切り上げて、休んでください」

ついでに、私の心配もしてくれた。胸が詰まって苦しい。

「ごめんなさい。ごめんなさい」

「大丈夫ですよ、きっと見つかります」

優しく、宥めるような話し方だった。

「ほら、世の中には猫を当たり前のように放し飼いにしてる人もいるくらいですから」

「そうですけど、そんなの幼児をほったらかすようなもんだと思うんです。私はニャー助と、責任持って同居してるつもりで……」

つもりだったのに、逃がしてしまった。

「猫って……路上で死んじゃったら廃棄物扱いなんですよね。ちゃんと供養すらしてもらえない……」

どこかで聞いた知識がふいによみがえる。最悪の事態ばかりが頭を巡って、胸を支配して、おかしくなりそうだ。片倉さんは苦笑いした。

「大丈夫です、ニャー助は生きてます。外飼いになってる猫でも帰ってきてるんですから、ニャー助も一回出ていってしまってもきっと無事に帰ってきます」

そうだろうか。片倉さんの穏やかな口調に、少しだけ安心してしまう自分がいる。押し黙った私に、片倉さんはゆっくり続けた。

「もし見つからなくても……元気でやっていきますよ、あの子なら」

胸がいっぱいになって、じわっと目尻に涙が浮かんだ。

「やっぱり、もうちょっと捜します」

ニャー助が帰ってこないなんて、嫌だ。ニャー助がノラでいたいのなら私のわがままなエゴなのかもしれないが、それでも絶対に、嫌だ。

草むらの中でうずくまって声を震わせる。潮風が生温かい。波の音が耳を擽る。

「マタタビさん、もう暗いですから今日は諦めてください」

片倉さんが穏やかに私を宥めた。

「僕も帰りますから」

「やだ、捜す、捜します」

みっともないくらい涙があふれて、鼻声になった。

「連れて帰る」

「マタタビさん。お願いだから聞いてください。明日もお仕事なんですから、今日は休んで明日捜しましょう」

「やだ」

「明日になれば帰ってくるかもしれないじゃないですか。今日はもう……」

「やだ！」

「ですから！」

珍しく、片倉さんが少しだけ声を荒らげた。

「僕が預けた猫のために、あなたになにかあったら困るんです」

片倉さんらしくない、やや棘のある口調だった。

「お願いします。そんなに泣かないでください」

棘があるのに、言っていることはいつもよりとびきり甘い。いつもそうやって、私を甘やかす。

言葉が喉でつっかえて、なにも出てこなかった。なにか言おうとしたのに、胸が苦しくて、全部忘れてしまった。

片倉さんはまた、穏やかな口調に戻った。

「ニャー助は大丈夫ですから。ね、今日はもう引き上げましょう」

「……はい」

やっと絞り出した返事は、掠れて無声音になった。

「よし。お気をつけて帰ってくださいね。おやすみなさい」

片倉さんの電話が切れた。ツー、ツー、という電子音が鼓膜を擽る。

ニャー助。呼ぼうとしたら、声が出なかった。私は草むらから立ち上がって、猫じゃらしをぶら下げながらとぼとぼとアパートに帰った。

部屋に帰ってもう一度ニャー助を捜した。どこにもいなかった。ニャー助のご飯やおもちゃだけが取り残された、すっからかんの部屋が沈黙している。

なにも食べる気にならない。シャワーを浴びて、布団に潜る。眠れない。

「ニャー助……」

うわ言のように呼んでみても、胸が苦しくなるばかりだった。

暗い部屋の天井を見上げた。このまま目を瞑ったら、ニャー助の足音が聞こえたりして。

そんなくだらない想像をする。せめて無事でいて。祈りながら目を瞑る。

徐々に意識が遠のいて、眠気が襲ってきた。浅い眠りに落ちていく。


「ニャー助を発見しました」

片倉さんから、電話が掛かってきた。携帯を耳に押しつけて、私は叫んだ。

「どこでですか⁉　無事ですか⁉」

「マタタビさんのアパートの前に」

片倉さんが、言いにくそうに言葉を詰まらせた。

「ですが、残念ながら……」

残念ながら？

「残念ながら、もう」

片倉さんはその先は言わなかった。

そんな。

「ニャー助！」

叫びながら、飛び起きた。外でスズメの声がする。顔が濡れている。

「夢……」

ひとり呟いた。最悪な夢を見てしまった。

見渡すと、朝日で満たされて明るくなった部屋が、相変わらずがらんと静まり返っていた。カラになったご飯入れ、キャットタワー、放置された猫じゃらし。主を失ったそれらは、魂が抜けたみたいに放りだされて見えた。

抜け殻だらけになった部屋で、もそもそと起き上がる。着替えて、軽く朝ご飯を食べる。いつもの朝が始まる。いつもとちがうのは、足にまとわりつくニャー助がいないことだけだ。

悪夢が脳裏をよぎる。ニャー助は今頃どうしているのだろう。怪我はしていないだろうか。無事でいてくれるだろうか。会社に行きたくない。働いている場合ではない。

とはいえ、猫を捜すために欠勤させてはもらえない。おとなしく自転車に乗って、会社に向かった。通勤路を少しだけゆっくり走って、辺りを見渡す。アパート周りにはいなかった。海浜通りにも、見当たらない。

よろよろ走って一通り捜してみたが、ついに見つからないまま会社に辿り着いてしまった。一旦ニャー助のことは忘れて仕事に集中しないと。インスタントのコーヒーを淹れて、席に着く。落ち着け。ニャー助は、昼休みにまた捜そう。今は、仕事だ……。

「有浦さん。この書類、印鑑抜けてる」

意識を作業に集中させようとした瞬間、支部長に呼ばれてびくっと振り向いた。大型犬のような顔がこちらを呆れ顔で見ている。

「あっ……すみません」

しまった。集中力を欠いている。書類を受け取ると、大型犬はまたじろりと一睨みしてから去っていった。

「珍しいね」

美香が覗きこんできた。

「聞いたよ。東京本社に戻ることになったんでしょ。それで浮ついてるんじゃないの」

まったくの見当外れだが、猫を捜しているなんて言っても真剣に受け止めてもらえない気がした。この事態の重さはわかる人にしかわからない。おそらく美香にはわかってもらえないだろう。

「うん、そうかも。浮ついてるのかも。落ち着かないとね」

苦笑いを貼り付けて、返す。

ニャー助のことがあって忘れかけていたが、それも私の頭をぐちゃぐちゃに掻き乱す一件であった。浮ついているというよりは、気持ちの整理がついていないというか。

「羨ましいなあ本社。雨宮支部長、元気にしてるかな。あ、もう支部長じゃないか。本社営業部長か」

美香は呑気なため息をついた。

「ねえ夏梅ー。本社行ったら雨宮さんの写真送って」

肩に手を置いてべたべたしてくる。

「なんで私がアメショ……じゃない、雨宮さんの写真撮らなきゃならないのよ……気持ち悪がられるって」

「それくらいしてよ、私は寂しいのよ。まだ失恋で落ちこんでるんだから」

失恋後どうなったか、嫌というほど聞かされた。気持ちを伝えただけなのだからまだまだこれからだとか言っていたはずだったが、当の雨宮氏が本社に転勤になって以来、音信不通。じつに当たり前の展開になっていた。

「夏梅にかかってるからね！　頼んだよ！」

「頼まれないよー」

上司を隠し撮りなんかしていたら、また僻地に転勤させられかねない。

美香が自分のデスクに帰ったのを確認してから、湯気を立てているコーヒーに口をつけた。お湯を入れすぎたようで、あまりおいしくなかった。喫茶店の事務室で、片倉さんにコーヒーを淹れた日を思い出す。片倉さんはあのコーヒーをべた褒めして、かぶり物を被ったまま器用に飲んでいた。何気ない話をした。

私たちはまた、あの日のようにいられるのだろうか。

私はニャー助を逃がした上に、いなくなったニャー助を置き去りにする形で東京に戻るのだろうか。そんな薄情な私を、片倉さんはどう思うのだろう。ニャー助はどうなってしまうのだろう。

まずい。泣きそうだ。やはり集中力があきらかに足りていない。ふるふると首を振って、書類に押印した。

片倉さんからの着信を確認したのは、その日の夕方のことだった。

昼休みに会社周辺を捜してもやはりニャー助は見つからず、ぼんやりしたまま一日を過ごし、帰りがてらニャー助を捜そうと考えていたときだった。携帯の画面真ん中に表示された『留守電メッセージあり』の表示に飛びつく。

焦りで手元を狂わせながら、留守電を再生した。店の番号ではなくて、片倉さんの携帯からだった。保存されていた時間は昼下がり。

「メッセージを再生します」

電子の音声が鼓膜を震わせる。心臓がどくどく高鳴る。

案内音声から、聞き慣れた片倉さんの声に切り替わった。

「お疲れ様です、マタタビさん。ニャー助を発見しました」

いつもどおりの、落ち着いている声。どこでですか。無事ですか。問いたくなったけれど、相手は留守電だ。

「マタタビさんのアパートの前に」

胸が詰まる。ニャー助に会いたい。触れたい。嫌な夢を思い出してまっ黒な不安が込み上げて、穏やかすぎるこの人の声を聞いて、余計に不安定な気持ちになって。

あふれだした涙は、ぼろっとアスファルトに落ちた。

自転車を飛ばして商店街を抜けた。海浜通りに出て潮風を切る。春の夕日が海をきらきら光らせて、作り物みたいにきれいだった。

やがて、夕日に溶けるように佇む喫茶店が見えてきた。店の前にしゃがんでいる猫頭が見える。本物の猫みたいに体を丸めて、地面の一角を見つめていた。彼は私の気配に気がついて、ゆっくり立ち上がった。私は息を切らしながら走り抜け、店の横で自転車を放りだした。

「お疲れ様です」

片倉さんが言うのと、私の足が止まったのはほぼ同時だった。

片倉さんが抱きかかえるニャー助を見て、全身の力が抜けた。ニャー助は相変わらずなにも考えてなさそうな顔をして、にゃあと鳴いた。

「ニャー助……」

やっと声を絞り出す。

「ごめんねニャー助」

足に力が入らなくて、うまく歩けない。片倉さんがまたしゃがみ、地面にニャー助を下ろした。ニャー助はとことこ歩み寄ってきて、私の足にまとわりついた。

「無事でよかった」

私もしゃがんで、ニャー助を抱き上げて頬ずりした。

「アパートの前で横になっていたので、どうかしたのかと思いましたが……よかったです、ただの昼寝で」

片倉さんが私たちを眺めて言った。

「すみません片倉さん、捜してくれてたんですね」

ぎゅうっとニャー助を胸に抱き寄せる。片倉さんはふふふっと笑った。

「買い物ついでに捜しただけです。定休日ですし、お気になさらないでください」

ニャー助はすっとぼけた顔で私を見上げている。

「まったくもう……どこ行ってたの。どこ捜してもいないから、心配したんだよ」

にゃ、と細く返事をされた。この体温が私の手の中に戻ってきた。また涙があふれてくる。

「無事でなによりですねえ」

片倉さんがニャー助を覗きこむと、ニャー助も片倉さんの方に顔を向けた。同じ模様の頭をしているこの組み合わせは、見ているとなんとなく和む。

「ちゃんとマタタビさんのアパートに戻ってきたんだから、余程あなたが好きなんですね」

片倉さんがニャー助の首を、指先でわさわさ撫でた。安心して温まった胸に、片倉さんの穏やかな声と言葉が滲んでいく。

「もう、離さないでくださいね」

とろけていくような、酔いしれていくような。

「ニャー助は……はっくし！」

急に、片倉さんがくしゃみした。

「失礼、アレルギーが……っくしゅ！」

そうか、ずっとニャー助を抱えていたから。

「ニャー助が、くしゅ！」

なにか言おうとしているのになかなか言えない。それが面白くてついついニヤける。

それに気がついて、片倉さんは切なそうに顔を背けた。

「笑わな、いで、っくしゅん！」

「だめ、面白い」

ついに噴き出した。このどうしようもない感じが、すごく安心する。こんななんでもないやりとりを、ずっと続けていたい。

ふいに、この声を聞けるのも、このままだとあと数日だと思い出す。

「片倉さん……私、」

ニャー助を抱く腕に、ぎゅっと力が入った。

転勤になるんです。

言おうとして、喉で止まった。言ってしまったら、終わりを自ら認めるような気がして、言えなかった。

「あの、ニャー助のことありがとうございます。これからはもっと気をつけます」

代わりにお辞儀をすると、くしゃみがようやくおさまった片倉さんも、ゆっくり立ち上がって猫頭をぺこりと下げた。

「あなただから、ニャー助を任せられるんです。これからもよろしく頼みます」

転勤になったら、もちろんニャー助も連れていく。そうしたら、片倉さんはニャー助ともお別れになってしまうのだけれど。

「……はい」

私もニャー助を抱いたまま立ち上がる。片倉さんは店の扉を開け、私の方を振り向いた。

「よかったら、お茶していきますか？」

「定休日でしょ？」

「豆の状態は問題ありません」

「ニャー助、店内に入れてもいいですか？」

「特別ですよ」

とろけていくような、酔いしれていくような感覚がする。もう少しだけ、こうしていたい。

このなんでもない時間を、少しでも長く過ごしたい。

家に帰ってニャー助を床に下ろすと、テクテク歩いてまっ先に出窓に飛び乗った。私はソファに座って、ニャー助のしましまの背中を眺めていた。

片倉さんと過ごす何気ない時間に、いつまで酔っていられるのだろう。頭はまだほわんとして、陶酔感が体を温める。頬がほかほかして、熱い。変なの、お酒は飲んでいないはずなのに、本当に酔っ払っているみたいだ。

出窓のニャー助がぴょいっと前足を上にあげた。なんだあれ、なにをしているのだろう。ぼうっと見ていると、その前足はロックしてある窓の鍵に乗っかり、カチャンとロックを解除した。それから、窓の隅っこに前足の指を引っ掛けて、ちょいちょいっと窓を動かす。

ん⁉

「あんた自分で開けられんの⁉」

てことは、この子が窓から脱走したのももしかして、私の閉め忘れでなく……？

ニャー助が窓の隙間に顔を突っこんだ。

「いやいやいや！　待て待て待て」

慌てて胴を摑んで止める。

猫の行動を見て一気に酔いが覚めた。

# Episode 12・猫男、嘘をつく。

「マタタビさん」

春風が夏の匂いに変わってきた五月のことだ。片倉さんがコーヒーを私の前に置く。残業で遅くなった日、私は最後のお客さんだった。

「最近なにかいいことありました？」

ずいぶん無茶ぶりである。

「いいこと？」

「なにか幸せな気持ちになるお話を聞きたい気分です」

幸せ、か。

「えーと。朝からニャー助の機嫌がよくてすごく人懐っこかったです。あと、天気がよくて気持ちよかったのと、溜まったレシート捨ててすっきりしたのと、割り箸がきれいに割れました。それと」

コーヒーを手に取り、ひと口啜る。

「今日もコーヒーがおいしいです」

「それはそれは。光栄です」

片倉さんはご機嫌そうに言った。

「片倉さんこそ、そんなこと振ってくるなんて、いいことあったんですか？」

逆に聞き返すと、彼はかぶり物の中でふふっと笑った。

「先日植えたキャットテールの花が咲きました」

「ああ、あのフサフサのお花ですね」

猫の尻尾に似ているから、キャットテール。片倉さんが実に好きそうな植物である。

「園芸がお好きなんですか？」

「まだ始めたばかりですが……家庭菜園のついで程度に」

「へえ……」

つい顔がニヤけた。

「またひとつ、いいことがありました」

「ん？　今この隙にですか」

「はい。でも内容は秘密です」

この人のことを新しくひとつ知るたびに、無性に嬉しくなるのは、どうしてだろう。

「これ、今朝の人懐っこいニャー助の写真。ほら」

携帯の画面を片倉さんに向ける。前足を揃えてカメラを見上げる上目遣いのニャー助に、彼はひゃっと奇声を発した。

「かわいい」

こんなことでこんなに喜んでくれると、見ているこちらが嬉しくなってくる。こんな何気ないやりとりができること。これが、私のひとつの幸せだと思う。

　だからそれが奪われる日が来るのが、どうしようもなく怖かった。

　ちらとお店の壁に掛けてあるカレンダーを見上げると、白い子猫が原っぱを駆けている微笑ましい写真がプリントされていた。転勤まで、あと二週間か。

　もともと物が少なかった自宅アパートの部屋は、すぐに片付いた。まだ片付いていないことといえば、転勤の事実をいまだ片倉さんに打ち明けられていないことである。

　うちの会社は、共に暮らす家族が猫しかいない私のような人間にはわりと無茶な転勤を命じる。この動きやすさゆえだろう。

　私の携帯をじっくり見つめてニャー助にきゅんきゅんしている片倉さんに、そっと問う。

「片倉さんは、もし私がニャー助をつれて遠くに引っ越したら、寂しいですか？」

　片倉さんは画面から目を離して、僅かに首を傾けた。

「そうですねえ、寂しいです」

「そうですか……」

「ええ、心配はありませんが、やはりニャー助を特別かわいがってしまった手前、いつでも会える距離でないとちょっと」

　ニャー助の話ね。

「ですよね。会いたいですよね」

「お引っ越しのご予定があるのですか？」

片倉さんから振ってきた。これは、今が転勤の話を打ち明けるタイミングなのでは。

言い出そうとした。でも、やはり詰まった。言えなくて、咳払いをする。

「それはそうと、ニャー助が最近、魚の皮が大好きで」

「おや。では今度ご用意させていただきます」

貢ぐつもりだ。健気な人だ。

コーヒーを啜る。いい香りに、目を細める。

困った。なかなか言い出せない。こんなふうになんでもないような幸せな話をしているときに、辛気臭い話題を持ち出したくないというのもあるが、声に出して言ってしまったら、いよいよお別れのときだと実感してしまうような気がしていた。

「そうそう、魚といえば」

片倉さんはぽん、と両手を合わせた。

「先日、橘先生から手紙をいただきまして。栗原さんが残していた秘蔵のお魚レシピを発見したそうなんです。今ちょうど旬の、イサキ料理」

平和な話題だ。聞いているだけで、いろいろなことがどうでもよくなってくる。

「イサキの調理法だけでなくて、甘味類のレシピもたくさん用意してあったそうです」

「へえ。それは興味深いです」

コーヒーのカップを持ちながら片倉さんを見上げる。片倉さんがふふふと苦笑する。

「お店の新メニューにする前に施設に入ってしまったんです。先に僕に渡してくれればよかったのに、なんとなく嫌だったみたいで橘先生に預けていたんだとか」

「聞く限り栗原さんってそういう感じの人ですよね」

私も苦笑いした。本当は片倉さんを認めているのに、認めたがらないというか。負けず嫌いなのだろう。

「橘先生も預かっていたことを忘れていたそうで、見つけたから送ってやるよ、と」

片倉さんの師匠の秘蔵のレシピ。旬のお魚、甘いお菓子。これは期待してしまう。

「栗原さん秘蔵のレシピかあ。食べたいです！　つくってくださいね片倉さん」

「そうですね、つくってみます」

栗原さんが自力で商品化し損ねた秘蔵のレシピが、片倉さんの手で再現される。なんだかドラマチックではないか。が、片倉さんの声に少し残念そうな色が差した。

「ただ、橘先生の方がお忙しいようでして。レシピを送ってもらえるまでに時間がかかりそうです。今から楽しみなんですがねえ」

「え……」

ふいに、私の中に緊張が走った。転勤のことを思い出す。

「困ります……早く届かないと」

少し、声が震えた。誤魔化すように、コーヒーを口に含む。片倉さんも小さく頷いた。

「そうですねえ。イサキの旬が終わる前に届かないと……」

「二週間以内にお願いします」

片倉さんの声に被せて、言った。

「二週間以内じゃないと困ります」

「おや」

片倉さんがかぶり物の顔を傾ける。

「イサキの旬はもう少し長いですよ」

「だめなんです、二週間以内じゃないと」

具体的な期限を示されて、片倉さんは少し屈んで私を覗きこんだ。

「お急ぎのようですね」

「……ずっと黙ってて、ごめんなさい」

コーヒーカップを見つめる。黒い水面がゆらゆら円を描いている。もうだめだ。私は腹を決めて、切り出した。

「じつは、転勤することになったんです。東京の本社に」

コーヒーを見つめたまま、ついに告白した。片倉さんの目は見られなかった。かぶり物の目なのに、見られなかった。

「このままだとあと二週間でここを去らなくちゃなりません。だから、その前に」

目を背けたまま、続けた。

「私がいる間に、完成させてください」

「ほう……」

片倉さんが静かに感嘆を洩らした。

「マタタビさんが、東京の本社に、ですか……」

「報告が遅くなってすみません」

語尾が消えかけた。片倉さんが黙っている。

だから嫌だったのだ。

隠し続けていたばつの悪さと、お別れを察した片倉さんの反応。これが、辛かった。妙な間が無性に気持ち悪い。少しだけ目尻が湿って、指で擦って誤魔化した。

片倉さんはちらとカレンダーを見て、またこちらに向き直った。

「マタタビさん、さすがです」

いつもどおりの、落ち着いた声だった。

「そんなにすばらしいニュースを隠し持っていらっしゃったとは。あなたも人が悪い」

「……ん？」

「天気がいいことよりお財布がきれいになったことより割り箸が爽快に割れたことより、なによりも幸せな出来事ではありませんか。それをここまで引っ張っていらっしゃったとは」

ぱちぱちぱちと小刻みな拍手をして、またちらちらとカレンダーの方を振り向いた。

「いやあ、二週間ですか。よかったですねマタタビさん」

それはそれは嬉しそうである。目には見えない小さな花や小さな音符が、猫頭からぴょんぴょん出ているようだ。なんだろう、私が思っていた反応とちがう。

「えっと……大層嬉しそうですね片倉さん」

「ええ！　とっても」

そんなに嬉しいのか。ぽかんとしていると彼はさらに上機嫌に続けた。

「これはレシピが来てないなんて言っていられませんね。橘先生に忙しかろうとなんだろうと最優先で送れと頼んでおきます。ずっとご愛顧くださいましたマタタビさんのハレの日です」

果鈴ちゃんの言葉を思い出していた。

この人はなんでも嬉しい方向に捉えるから、いつでもポジティブである。そうか、こういう状況はそう捉えれば楽しくなるのか。勉強になる。

「ニャー助もあと二週間で東京行きなんですけど」

「そうですね！　ニャー助も都会デビューかあ、嬉しいですねえ。待ち遠しいです」

「ニャー助に会えなくなりますよ？　寂しくないですか？」

「もちろん少しは寂しいですけれど、それ以上に嬉しいです。こんなに嬉しいことはない」

ニャー助について触れてみても、まるで自分のことのように喜んでいる。今まで見てきた片倉さんの中でも、最高クラスの機嫌のよさだった。

「……少ししか、寂しくないんですね」

ぽつりと言うと、片倉さんは不思議そうに返した。

「マタタビさんは嬉しくないんですか？　もともとこんな辺鄙《へんぴ》な地にいること自体、不本意だったんでしょう？」

最初にここに飛ばされたときは、たしかにそうだった。この町に来るのが億劫でならなかった。

「そうですね、こんななにもないところ……」

「おめでとうございます！　ようやくもとの生活に戻れますね」

この喫茶店のあるこの町を、こんなに好きにさせたのは誰だと思っているのだろう。

「そうだ。果鈴にも伝えておかないと。きっと喜びます」

片倉さんは呑気に語尾を弾ませている。

「僕には料理くらいしかできませんから、最後に見える日には特別なものをご用意させてください。リクエストはありますか？」

このご機嫌具合が、気に食わなかった。

「……ありません。任せます」

コーヒーを飲み干して、席から立ち上がった。

「遅くまですみませんでした。最後に来る日、楽しみにしてますね」

片倉さんの方を見ないで言った。

「ええ！　期待していてください」

片倉さんは、まったく気にしていないそうだった。

「マタタビのお姉さん！　東京に帰っちゃうって嘘だよね？」

次の日、喫茶店の前を通り過ぎようとして果鈴ちゃんに出くわした。今から帰るところだったようで、背中にリュックサックを背負っている。

自転車を止めると、果鈴ちゃんは駆け寄ってきて私のスカートにすがりついた。

「ねえ、嘘だよね⁉」

「ごめんね、本当なの」

「やだよ！　そんなの絶対やだあ！」

小さな頭をぶんぶん振って私のスカートをぎゅっと握る。片倉さんが引き止めてくれなかった分、果鈴ちゃんが寂しがってくれた。

「うん、私も果鈴ちゃんとお別れするの寂しいよ」

「マタタビのお姉さんを観察するの楽しかったし、ゆず兄も面白かったのに」

やはりなんとなくかわいげがない。ぐりぐりと頭を撫でる。

「お別れするのは嫌だけど、本社も人手がほしいみたいでさ」

ふうと息をついて、空を見上げる。ぽろぽろした羊雲が青空にぺったり張り付いている。

「それにね。片倉さんと話してたら、東京に帰るべきかなって思ったの」

「ええ？　ゆず兄がやたら喜んでるから？」

「片倉さんの言うとおり、この町はそもそも私がいたはずの場所じゃないし」

「ゆず兄の言うことなんか気にしなくていいんだよ。前にも言ったけど、あの人バカだから、急にわけわかんないこと言い出しちゃうんだよ」

果鈴ちゃんがキャンキャン吠える。私は彼女の頭をぽふぽふ撫でた。

「でもね。会社に駄々こねないで、素直に東京に戻った方がいいんだろうなって
戻ったっていいのだ。二度と会えなくなるわけではない。遠くからでもまた、お客さん
として訪ねてくればいい。それだけのことだ。

「ふうん……じゃあ、マタタビのお姉さん諦めるんだ」

果鈴ちゃんがむくれた。

「マタタビのお姉さん、そんなもんなんだね」

「……どういう意味よ」

「そういう意味」

果鈴ちゃんはべ、と舌を出して私から離れた。

「粘らないんだったらもう知らない。呆れちゃった。東京でもどこへでも行っちゃえ」

少しだけ涙目になりながら、果鈴ちゃんは後ろを向いた。

「ばいばい。果鈴、もう帰るとこだから」

「そっか、気をつけてね」

「うん」

果鈴ちゃんはとことこ狭い歩幅で歩きだした。小さな背中が遠のいていく。怒らせて
しまったようだ。それならまだいい。もしかしたら、泣かせてしまったかもしれない。あ

の幼い少女は、誰かさんに似て器用に言葉を選ぶ。単純にうまく言えないだけなのかもしれないが、今のが果鈴ちゃんと交わす最後の会話になるかもしれないと思うと、胸がちくりと痛んだ。

私はちらと、喫茶店の緑色の扉を見た。昨日の今日で、お店に入る気にはなれなかった。またハイテンションな片倉さんに東京に帰れと言われるのかと思うと、入れない。なんだかな。片倉さんと気まずくなりたくなかったのに。いや、彼はべつに気まずくないのだろうが、私があの人を避ける日が来るなんて。

だが残り時間が少ないことを思うと、行かないともったいない気もする。自転車のハンドルを握ったまま扉を睨みつけていると、扉が開いて、隙間から猫のかぶり物がぴょこんと覗きこんだ。

「あ、マタタビさん。どうなさったんです、そんなところで佇んで」

おかしい。いつもの片倉さんなら、他人のこういう情緒的な部分を感じ取るはずなのに。

「お店を見てるだけです」

「そうでしたか」

片倉さんのかぶり物が扉の向こうに引っこんだ。

やはりおかしい。このデリカシーのなさは片倉さんらしくない。

ということは、もしかしたらあの人は片倉さんではないのかもしれない。かぶり物の中が別の人にチェンジしているとか。声と背格好のよく似た替え玉とか。

入りづらかった扉のノブを摑んで、ぎゅっと捻った。ぎいっと音を立てて扉が開く。ドアベルに反応して、猫頭がこちらを向いた。

「いらっしゃいませ」

「片倉さんですか？」

「そうですよ」

私のおかしな質問にも、彼は冷静に答えた。私に席を勧め、問う。

「今日はどうしますか？」

私はいつもの席に座って、再び猫頭と向きあった。

「私が最初に来た日に片倉さんが出してくれたのって、オリジナルブレンドのスタンダードなコーヒーでしたよね。正式名称はレギュラーコーヒーでしたっけ。あれがいいです」

「かしこまりました」

見慣れた所作で、片倉さんがコーヒーを淹れる。どう見てもいつもの片倉さんだ。

「片倉さん、ですか」

「そうです」

答えは同じだった。わかっていながら聞いた。

店内にはほかにお客さんはない。私と片倉さんのふたり分の声だけが、狭い空間に溶ける。

「そっか、そうですよね。すみません」

「ずいぶんと面白い質問をなさいますね」

かぶり物の中からくつくつと笑い声が聞こえた。

「変なこと聞いてごめんなさい。なんていうか、片倉さんじゃなければ……よかったのにって」

少し、語尾が掠れた。

「いつもの片倉さんなら、こういうとき相手がほしがってる言葉を当てて、狙い撃ちしてくるのに」

焙煎された豆の豊かな香りがして、カップの底にコーヒーが当たる音がする。片倉さんが不思議そうに唸った。

「ふむ……やはり面白いことをおっしゃる」

私がいなくなることをなんとも思っていなさそうなこの人を見ていると、なんだか無性に虚しくなってくる。

「東京行きが嬉しくて嬉しくて浮ついてましして。いつもよりユニークなんです」

彼に合わせた返事をすると、片倉さんはですよね、と頷いた。

「はい、コーヒーです」

コト、と小さな音を立てて、カップが置かれた。揺らぐ黒い水面には、無表情の私が映っていた。

「このお店に来てから、メニューは一通り制覇したつもりなんですけど」

ふわふわ。コーヒーの湯気が天井に向かってのぼって、消える。

「ときどきこの味に戻ってきて、またちがうものを頼んで、またこれに戻ってくるんです」

片倉さんのブレンドは、毎日少しずつ味が変わる。豆の状態だったり僅かな濃度の差だったり、私の疲れ具合だったりで、少しずつちがう。最近、それがわかるようになってきた。

水面に唇をつける。少しだけ口に流れこんできたコーヒーが舌を濡らす。受け皿にカップを戻すと、カツンと軽い音がした。今日は、ちょっと苦い。

片倉さんは暇そうにカップを拭いている。

「片倉さん、私ね」

揺れる黒い水面を見つめて、切り出した。

「明日、東京の本社に行ってきます」

カップを磨く手が止まった。

「早まったんですか」

「いえ、明日は人事部に挨拶に行くだけで、すぐにこっちに戻ってきます」

「ならよかった。まだレシピが届いてないので」

レシピが届いてさえいれば、明日いなくなってもよさそうな言い方だった。私も負けじと淡々とした口調で返した。

「人事部の偉い人と話してきます」

「楽しみですね」

楽しいわけないでしょうが。

ほかほかと温かいカップを両手で包む。

「本社に転勤になったら、お別れですね」

「そうなりますねえ」

カップの取っ手をぎゅっと握った。

「片倉さん、今までありがとうございました」

「こちらこそ」

「あなたのお陰で、とっても楽しかったです」

「僕もです」

ちゃんと聞いているのかいないのか、彼は退屈そうにカップを磨いている。

「片倉さん」

しつこく名前を呼ぶと、少しだけ喉に詰まって、語尾が掠れた。

「私の特別な人でいてくれて、ありがとうございます」

カタ。カップを持ち上げると、お皿とカップの擦れる微かな音がした。コーヒーをひと口、啜る。片倉さんは黙っていた。彼の手はまだ、忙しなく動いている。

「匿名の喫茶店のマスターじゃなくて、片倉さんという一個人が、私の特別です。本当に、本当に、」

カップを口元に寄せたまま、ふっと笑った。

「出会えてよかった」

片倉さんの手が止まった。

「おかしなことをおっしゃる」

見慣れた間抜けなかぶり物が私を一瞥した。

「僕は名もなき喫茶店のマスターです」

「ずるいです、自分ばっかり逃げようとして」

「本当のことを言ったまでです」

また、カップを磨きはじめた。

「名もなき喫茶店のマスターには、私的な理由で大切なお客様の足を引っ張るような真似はできないんです」

「そうですか」

かぶり物を睨みつけても、彼は無反応でカップを拭いていた。

「お土産に本社の近所の和菓子屋さんの猫饅頭《まんじゅう》買ってきますね」

「それはそれは。楽しみにしてます」

匿名の喫茶店のマスターはくすくすと笑った。

「ごちそうさまでした。また来ます」

カラになったカップを置いて、席を立った。片倉さんはかぶり物の目に私を映した。

「行ってらっしゃい」

「……はい、行ってきます」

こんな送り出され方をしたのは初めてで、なんだか無性に胸がぎゅっと締めつけられた。

その翌日、夕方のことだ。私は東京からあさぎ町に帰る電車に揺られていた。あのアホ猫頭をどうにかして出し抜いてやりたい。その一心で、今日は絶対に失敗できなかった。

「有浦さんは、東京本社は一年ぶりくらいだったよな」

ついてきてくれた大型犬支部長が低い声を出した。

「そうですね、久しぶりでどきどきしました」

緊張が解けたあとの私の腑抜けた笑顔を見て、支部長は苦笑いした。

「それにしても。急な転勤で慌てたことだろうね」

「ええ……でも、受け入れてもらえて本当によかったです」

たたん、たたん。電車の揺れる音がする。膝の上でお土産の猫饅頭が電車の揺れに合わせて跳ねる。窓の景色が変わった。高い建物で空が欠けた懐かしい光景はいつの間にか視界から消えて、潮臭い海沿いの風景が続いていた。

「支部長にも、たくさんご迷惑おかけしました。すみませんでした」

「いいんだよ、君は真面目で優秀だし。力になってやりたいから」

支部長は大きな口をニッとつりあげた。やはり大型犬の如き包容力だ。シェパード、それかレトリバー系か。ふと、海に向かって叫んだ日のことを思い出した。いろんなことがうまくいかなくて、会社に不満ばかり募らせていた。だけれど、こうしてちゃんと周りをよく見てみたら、こんなにすばらしい上司に恵まれている。

「本当にありがとうございました」

「いいえ。大事な部下のためだからな」

低い声がけらけらと笑う。外の建物が減っていく。あと二回も乗り換えがある。

「それにしても、本社に戻るのを渋るなんてどうしたんだ？　もともとは嫌々こちらへ来たと聞いているんだが」

支部長が細い目をぱちくりさせた。

「そうでした、最初は」

たたん、たたん、と忙しなく電車が揺れる。

「でも、なんでしょうか、あの町が好きになってしまって」

支部長は黙って、横目で私を見て聞いていた。

「うまく言えないんですけど、なくしたものをあの場所で見つけたような、そんな感じなんです」

「なるほど、余程大事なものだったんだな」

支部長はふっと鼻で笑った。

「すみません、ばかばかしい理由で渋ったりして。仕事に私情を挟んで皆に迷惑かけて、申し訳ありませんでした」

俯くと、支部長がくるりとこちらに顔を向けた。

「有浦さんは、意外と真面目なんだよな」

意外と、とはなんだ。

「仕事に真面目なのはいいことだけど、まああんたの人生だ。仕事がすべてじゃない。もっと大事なことはたくさんある」

どこかの猫男みたいなことを言っている。猫男みたいなのではなくて、もしかしたら、ただの一般論かもしれない。

「有浦さんが仕事より優先したくなるようなものがあの町にあったってことなら、よかったんじゃないのか」

支部長が穏やかな目をする。私は真顔で頷いた。

「ええ、でも本社行きになってもやっていけるように、腹はくくっていました」

「やっぱり、真面目な奴だな」

支部長はまた、半笑いの声で言った。

「そんなお前の真面目さと、『こいつ』の適応力が買われたんだな」

「そうですね。感謝してもしきれません」

私は隣の座席で熟睡する『彼女』をちらり見て、思わずくすりと笑った。

会社で支部長と別れてから、私はすぐにいつもの道を自転車で駆け抜けた。

『喫茶 猫の木』は今日も、穏やかな潮風に包まれて静かに佇んでいる。夕日に照らされた小さな建物は、いつもどおり私を出迎えた。

きゅ。自転車を止めて、扉の前に立つ。遠くからきゃあきゃあとカモメの鳴き声が聞こえる。風が吹いて、ネコジャラシが揺れた。

いつもの見慣れた光景だ。私がここに来るときはたいてい夕方で、狭い店内にはお客さんはいつもまばら。いつも同じ席に座って、いつもの猫頭を鑑賞しながらお茶する。

そんな日々がたまらなく好きだった自分に気がついたのは、つい最近のことだ。

軽く深呼吸して、扉を開ける。ドアベルが鳴った。

「こんにちは」

ドアベルの音の余韻がじんわり響いてしまうほどに、店内は静まり返っていた。お客さんがいない。それどころかカウンターの中にも、誰もいない。代わりに、私がいつも座る席に猫のかぶり物の変人が腰掛けていた。

少しだけ背中を丸めて、カウンターの向こうの空間をじっと見つめている。猫が、猫背だ。

「いらっしゃいませ」

かぶり物がこちらを向いた。

「片倉さん……なにしてるんですか。たそがれちゃって」

「果鈴に怒られました。嘘つきは泥棒の始まりだそうです」

はあ、とため息を洩らす。

「自分に嘘ついてどうするんだと……姪っ子にあんな剣幕で叱られると、さすがに落ちこみます」

単に小学生に怒られて凹んでいる、なんてことではなさそうだ。

「で、なんでそんな、お客さんの席に」

「ちょっと座ってみたかったんです。どんな景色が見えてるものかと」

気だるそうに立ち上がって、私と真正面に向きあった。

「こんな風景が見えているんですね。こちらに座ることはあまりしないので新鮮でした」

「最高の眺めですよね」

私は手に持った饅頭を、和菓子屋の袋に入ったまま片倉さんに差し出した。

「これ、お土産です。猫饅頭」

「おやおやお気遣いを。ありがとうございます」

片倉さんの手がこちらに伸びた。私は真正面の彼のループタイを見ていた。

「今日、本社の上司に頭を下げてきました」

「お疲れ様です」

「頼むから、あさぎ町の支社にいさせてくださいと」

饅頭を受け取りながら、片倉さんが固まった。

私と片倉さんの距離は、手に持った箱の大きさだけ。見上げると数センチ先に、かぶり物の顔があった。

「今、なんて」

片倉さんがゆっくり言葉を発した。私は箱から手を離さなかった。

「まだこの町にいたいと、無理を言ってきました。懇願の甲斐あって、今までと変わらずここにいさせてもらえることが決まりました」

片倉さんは黙っていた。私は彼の間抜けなかぶり物を見上げていた。

「片倉さんには言いませんでしたけど、じつは辞令が出てすぐ、ほかに本社に行きたい人がいたのを思い出して交渉はしてたんです。ただ、なかなか聞き入れてもらえなくて、今日まで引きずりましたけど」

私はニッと笑って、饅頭から片手だけ離してピースした。

「直接、人事部長に会いに行ったのが効いたみたいで。替え玉作戦、大成功です」

「どうして」

片倉さんがか細い声を出した。

「どうして、せっかくの機会を。せっかく、本社に戻れたのに」

私は横目でカウンターを一瞥した。

「なんででしょうね。本社のオフィスの風景もいいですけど、それ以上にこの席から見るこの風景が、好きだからかもしれません」

片倉さんはまだ黙っている。かぶり物の中で、どんな顔をしているのだろう。

「人事部長をはじめ、会社の人たちが話のわかる人でよかったです。これで無事に栗原さんの秘蔵のメニュー食べられそ……」

言い終わる前に、手から饅頭が滑り落ちた。紙袋のかさつく音と、箱が床に落ちる音が同時にした。

片倉さんの腕が、私をぎゅっと包みこんだのも、その瞬間だった。

「え……」

ようやく発した声は、無声音になって声にならなかった。一秒間くらい、なにが起こったのかわからなくて目を泳がせ、不自然に手を浮かせていた。

片倉さんの手のひらを押しつけられた髪は、くしゃっと乱れた。背中に感じる締めつけられるような腕の力と、頬に微かに触れるかぶり物の毛が、全身の感覚を麻痺させる。

「……すみません。感極まって、思わず奇行に走りました」

耳元で微かな声がした。

頭の中がまっ白になった。止まってしまった心臓から、熱いなにかが体じゅうに広がっていく。意識が半分、昇天した。死んでしまうかもしれない。いっそこのまま死んでしまうのも、案外幸せかも。

手持ち無沙汰になっていた私の手も、自然と片倉さんのワイシャツにしがみついた。

「そんな変なかぶり物を被って営業してること自体が奇行です。あなたの奇行なんて慣れっこですので、ぜんぜんびっくりしない」

泣いてしまうかもしれないと思ったけれど、おかしなかぶり物のせいで泣けそうにない。顔も知らないこの人の温もりが、私の体温をあげていく。

「心臓に悪いです、マタタビさん。僕がどんな気持ちでいたことか」

やっと言ってくれた。私がほしがっていた、その言葉。

「はいはい、ごめんね」

背中をぽんぽん叩く。片倉さんはまだ、離してくれなかった。代わりにより強く、ぎゅっと抱きしめられた。

ワイシャツからコーヒーの匂いがする。心地よくて、温かくて、気持ちいい。顔をうずめているとなんだか無性に安心して、眠くなってくる。

このまま時間が止まればいいのにな、などと思いはじめたとき、片倉さんの手がスッと離れた。

「失敬。取り乱しました」

落ち着いた所作で床に落ちていた猫饅頭の箱を拾う。急に離れてしまうと、残っていた温もりが全部、空気に溶けてしまう気がした。

「片倉さん」

カウンターの内側に入る片倉さんの後ろ姿に声をかける。彼は顔だけこちらに振り向いた。私はドカッといつもの席に腰を下ろした。

「正直、私はガッカリしましたよ」

「えっ」

カウンター越しのいつもの距離で、片倉さんは短く声をあげた。私はカウンターに前のめりになって、彼を睨んだ。

「私がニャー助連れてどっか行っちゃうって言っても、少しも寂しそうにしてくれないんだもん。引き止めてくれとは言わないけど、ちょっとくらい名残惜しそうにしてほしかったですよ」

片倉さんはかぶり物の中でふふっと笑った。

「それは失礼しました。お詫びにマタタビさんのお好きなもの、なにかつくりましょう」

「やった！　じゃあ猫饅頭に合う飲み物、片倉さんチョイスで。一緒に食べましょうよ」

「いいですねえ。それじゃあ、ちょっと甘めのコーヒーでも淹れましょうか」

片倉さんはきれいに磨いたカップをふたつ手にとって、温まったコーヒーメーカーに歩み寄った。私はカウンター越しに、しましま模様の後ろ頭を眺めていた。

「あの、マタタビさん」

片倉さんの後ろ姿が、私の愛称を呼んだ。

「おかえりなさい」

鼓膜を擽るような、柔らかい声だった。

「おかえりなさい、ニャー助」

「またニャー助ですか」

「ニャー助だけなわけ、ないじゃないですか」

片倉さんは振り向くでもなく、カップにコーヒーを注いでいた。

「おかえりなさい」

「……ただいま」

まだ少し熱い頬も、まだどきどきしている心臓も、今はまだ誤魔化しておいた。


「夏梅聞いて！　なんとなんと今日、雨宮部長と食事に行くの」

会社からの帰り道、携帯を耳に当てながら自転車を引いて歩く。

「よかったじゃん美香！」

「ほんと夏梅のお陰だわ。あんたが本社行きを私に譲ってくれたお陰で、雨宮さんと急接近できた」

人のまばらな商店街を抜けて、海浜通りに出る。夕方の空は、遠くだけほんのり赤くなりかけていた。美香が東京本社に異動になって、今日で一週間だ。

電話口の美香が甲高い声で叫んだ。

「夏梅様！　一生感謝します！」

「もうなに言ってんの！　私こそ転勤を代わってもらえて本当に助かったよ。二週間で引っ越しの準備させてごめんね」

「ううん。たしかに正式に決まったのは二週間前だったけど、夏梅がすぐに相談してくれたから準備はできてたし。それにあんた、引っ越し手伝ってくれたじゃん」

「そりゃあ私の都合で引っ越させるんだもん」

ざざ、と波の音がする。風が潮の香りを運ぶ。

「でもさあ、夢の本社勤務、しかも雨宮部長の下で働けるなんてさ。こんないい話なかったから超嬉しいよ。本当にこのおいしいポジション、私がもらっちゃってよかったの？」

そんなふうに思ってもらえていると、私も安心する。

「いいんだ、美香の方がそこは向いてる」

アメショー部長はとくにどうでもいいしね。

「アメショ……じゃない、雨宮部長はどうしてる？」

「うん、新しい部署でも相変わらず……そう！　聞いて、今日も超かっこよかったの」

始まった。いや、話を振ったのは私だけれど。

「お菓子買ってきてくれてえ、お疲れ様って肩をぽんぽんってえ」

美香が鼻にかかったとろけた声で語る。半分くらいは、頭に入ってこなかった。

風が通り抜ける。涼しくて、気持ちいい。

美香が電話の向こうでニヤけたような声を出した。

「そんでそっちはどうなの？」

「ん？」

「そっちのド田舎支社に残りたかったのって、なんか理由があったんでしょ？」

何気なく濁して誤魔化し続けていたことを、ついにつつかれた。

「男か？」

「またその手の話に持ってこうとする」

苦笑いすると、彼女はあははと笑った。

「いいから教えてよ。そっちにいたい理由。どんなふざけた理由でも怒らないからさあ」

「ええと、ね」

潮風が頬を撫でる。赤い屋根が見えてきた。

「猫だよ」

「猫？」

美香は不思議そうに繰り返した。

「猫が理由って……もしかして、夏梅が猫飼ってるから？」

「ああ、ニャー助？」

「そうそれ。猫飼ってると、なんか引っ越しが面倒になるの？」

「うん、まあそんなとこかな」

自転車のスタンドを下ろす。ネコジャラシが風でふわふわ揺れている。

「ふうん……」

美香はまだ納得はしていないようだったが、忘れてしまったかのようにすぐに声色を変えた。

「あっ、雨宮部長来た！　じゃあね夏梅、また報告しまーす」

一方的に通信を切られた。私は通話終了を告げる画面を閉じて、目の前の扉に向き直った。扉の横には、赤いキャットテールの鉢がつり下げられている。なるほど、自宅に置いておくにはもったいないほどきれいに咲いている。

ドアノブを握って、緑の扉を押し開けた。

「こんにちは！」

ドアベルの音がする。

「いらっしゃいませ」

コーヒーの匂いがする。扉の向こうは今日も、愛おしい光景が広がっていた。

# 猫男とネコ科のＯＬ。

「あらら……ちょうど入れちがいになってしまいましたねえ」

私が入店してくるなり、片倉さんは言った。

「ほんの数分前まで果鈴が粘っていたのですが」

「そうなの!?　なんだ、残業もっと早く切り上げればよかった」

残業で遅くなったせいで、果鈴ちゃんが帰ってしまった。店内は私と片倉さんのふたりきりになってしまった。

いつもの席に座って、メニューを手に取る。いちばん端っこに手書きで書き加えられた、幻の逸品の名前を指さす。

「これ、ついにメニューに仲間入りしたんですね」

「ええ、とりあえずイサキのシーズンが終わるまでは」

「おいしかったですもんね。通年にしてほしいなあ」

「ふむ。では別のお魚で代用を考えてみましょう」

猫のかぶり物が小さく頷いた。

「さて、今日はどうしましょうか？」

「そうね……じゃあ、例の幻の逸品と、いつものコーヒーで」

「かしこまりました」

私は猫のカレンダーに視線を投げた。

「イサキの旬って、たしか初夏でしたっけ」

「そうですね、七月くらいまでおいしくいただけます」

ぼうっとカレンダーを眺める。白い子猫が走る、微笑ましい絵。

「私がこの町に来たのって、たしかちょうど去年の今くらいでしたね」

「そうでしたね」

片倉さんは作業しながらこたえた。

「マタタビの花が咲く季節です」

視線をカレンダーから片倉さんに動かす。かぶり物の薄茶色の毛が、片倉さんの動きに合わせて僅かに揺れている。

「私ももう二年目になるんですね」

「そうですねえ。早いもので」

そう、一年このかぶり物を見つめ続けた。

「ねえ片倉さん、そろそろそのかぶり物、外したところ見せてくれませんか？」

だめです。と、いつものようにバッサリ切られることは承知で聞いてみる。片倉さんは相変わらず、手元で作業しながら返事をした。

「いいですよ」

「ん?」

思わず瞬きを繰り返した。

「えーっと今、私、そのかぶり物外してほしいって言ったんですけど。いいんですか?」

「ええ、そうおっしゃいましたね」

片倉さんがコーヒーを差し出した。どうやら聞きまちがえているわけではないようだ。

「そんなあっさりと!? 今までなんで外してくれなかったんですか」

「外してもいいですが、条件があります」

かぶり物の横で、ぴんと人差し指を立てた。

「マタタビさんの秘密をひとつ、僕に教えてくれたらです」

な……なんと。

「秘密……ですか」

「そう、秘密です。ありますよね、生きていれば秘密のひとつやふたつ」

上機嫌でふふふと笑っている。

「えー……私の秘密ですか。なんかあったかな……」

考えてみる。ひとつ、思い当たるものがあった。

いつかは打ち明けなくてはいけない気がしていて、それでいて片倉さんにだけは言いたくない、そんな秘密がある。少しだけ頬が熱くなった。カップで口元を隠して誤魔化す。

「い……いやですよ、言えないから秘密なんだし」

「そうですか。ではこれを外すわけにはいきませんね」

ぽんぽんとかぶり物の頬を叩いている。なんて汚い手口を使うんだ。

カップを置いて、しばし考える。猫頭が作業を止めてこちらを見ている。

「わかりましたよ。じゃあ、その……耳、貸してください」

カタ。椅子から立って、かぶり物を睨みつけた。片倉さんはカウンターの向こうからギリギリまで寄ってきた。かぶり物に向かって身を乗り出す。

「絶対……誰にも秘密ですよ」

この人以外に誰もいないことはわかっていたが、ひそひそ声になった。

「もちろんです」

片倉さんも、無声音で返した。

「絶対ですからね」

ふわふわのかぶり物に唇を寄せる。どの辺に耳があるかよくわからないので、三角の猫の耳に向かって囁いた。

「あの……」

私の吐息でかぶり物の毛が僅かに震えている。耳のいい片倉さんのことだ。こんなに距離を詰めたら、息遣いまで聞かれていそう。

「あのですね、片倉さん……」

言いかけて、止まった。

片倉さんが次の言葉を待っている。頬が余計に、かあっと熱くなった。

「やっぱりおかしいですよ！」

どすんと椅子に戻ると、片倉さんも身を引っこめた。

「おや。気が変わってしまいましたか」

「だって取引条件が不公平すぎます！　顔なんて私はもうずっと晒してるのに、あなたの素顔は私の秘密と交換なんて」

「そうですか……いやはや残念です」

「絶対、言いませんから」

言えるわけない。

こんなこと、言えるわけない。

「じゃあこれは外せませんね」

片倉さんはかぶり物を両手で押さえた。お預けをくらった気分になる。

「なにそのあざとい仕草……この猫被り」

私は彼をじろりと睨んだ。

「いつか絶対剝ぎ取ってやる！　これは宣戦布告です、重く受け止めてください」

「ほう、それは楽しみですねえ。期待しています」

片倉さんは余裕綽々《しゃくしゃく》に笑った。

窓から見える海のかけらがきらきらしている。
この町にまた、夏が来た。

end

# あとがき

たとえば、嬉しいときに抱きしめたくなる猫のような。

悲しいときに隣で丸くなって寄り添ってくれる猫のような。

この物語が皆さんにとって、そんな存在でいられたらいいなと思います。

というのが最大の望みなのですが、ともかくなんとなくほっこり楽しんでいただければ幸いです。


本作は一応恋愛小説のつもりで執筆したものですが、マタタビさんもマスターも、どちらも噂に聞くような恋愛にはあまりいないような、いわゆる「恋愛対象にならない」と言われがちな、恋に不器用な性格をしています。

ふたりだけでなく、匿名のお客様たちも、この本を読んでくださる皆様も、誰もがそれぞれの立場でそれぞれの悩みを抱えています。だけどきっと誰にでも、安心できる場所があり話したくなる人がいる。そんな場所にいるような、大好きな人と過ごしているときのような、温かくて幸せな時間をお届けできたらなぁ、という気持ちを込めて書きました。

この物語を手に取ってくださった皆様が、喫茶店でお茶をしているみたいな居心地のよさを楽しんでいただけたらなと思います。

そしてこの物語をとおして猫好きさんが増えたらとっても嬉しいです。猫に限らずですが、無責任なかわいがり方ではなく、正しく健康にかわいがってくれる人が増えてほしいです。

最後に、この物語を仕上げてくださった関係者様方、支えてくれた家族、お星さまになった我が家の猫ちゃん、すべての方々に感謝を申し上げます。

本当に、ありがとうございました。

植原翠

この物語はフィクションです。
実在の人物、団体等とは一切関係がありません。


植原翠先生へのファンレターの宛先

〒101-0003　東京都千代田区一ツ橋2-6-3　一ツ橋ビル2F
マイナビ出版　ファン文庫編集部
「植原翠先生」係

ファン文庫

# 喫茶『猫の木』物語。
## ～不思議な猫マスターの癒しの一杯～


2016年12月20日　初版第１刷発行

著　者　植原翠
発行者　滝口直樹
編集　水野亜里沙（株式会社マイナビ出版）　須川奈津江
発行所　株式会社マイナビ出版
〒101-0003　東京都千代田区一ツ橋2丁目6番3号　一ツ橋ビル2F
TEL　0480-38-6872（注文専用ダイヤル）
TEL　03-3556-2731（販売部）
TEL　03-3556-2733（編集部）
URL　http://book.mynavi.jp/

イラスト　usi
装　幀　関戸 愛＋ベイブリッジ・スタジオ
フォーマット　ベイブリッジ・スタジオ
DTP　株式会社エストール
印刷・製本　図書印刷株式会社




ISBN978-4-8399-6105-3
Printed in Japan

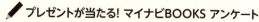

ファン文庫

# ワケアリ結婚相談所
## 〜しくじり男子が運命のお相手、探します〜

納得&共感の、ほんわかハッピーストーリー！

著者／鳴海澪　イラスト／細居美恵子

問題ありすぎる依頼人に、問題ありすぎる相談員!?
手痛い失敗から婚活業界に飛び込んだ大輔は、
依頼人を幸せにできるのか？

Fan
ファン文庫

明治の芝居小屋が舞台のレトロ謎解きミステリー！

## 浄天眼謎とき異聞録　上
### ～明治つれづれ推理《ミステリー》～

著者／一色美雨季　イラスト／ワカマツカオリ

「第２回お仕事小説コン」グランプリ受賞！　東京《とうきょう》浅草の劇場「大北座」の跡取り・由之助は“訳有り戯作者”の世話役になってほしいと頼まれて…？